大方
sight

鲟鱼

邱兵

著

中信出版集团｜北京

图书在版编目（CIP）数据

鲟鱼 / 邱兵著. -- 北京：中信出版社, 2025.6.
ISBN 978-7-5217-7786-4
Ⅰ. I247.7
中国国家版本馆 CIP 数据核字第 20259W14L6 号

鲟鱼
著者： 邱兵
出版发行：中信出版集团股份有限公司
（北京市朝阳区东三环北路 27 号嘉铭中心　邮编　100020）
承印者： 北京联兴盛业印刷股份有限公司

开本：855mm×1180mm 1/32　　印张：7.75　　字数：152 千字
版次：2025 年 6 月第 1 版　　印次：2025 年 6 月第 1 次印刷
书号：ISBN 978-7-5217-7786-4
定价：59.00 元

版权所有·侵权必究
如有印刷、装订问题，本公司负责调换。
服务热线：400-600-8099
投稿邮箱：author@citicpub.com

001
自序 | 我为什么要写作

001
我们从哪里来？我们是谁？
我们要到哪里去？

013
鲟鱼

101
百年孤独

137
我听到传来的谁的声音
像那梦里呜咽中的小河

115
亲爱的小孩

151
星星是穷人的钻石

161
**那象征美好未来的绿光
正慢慢消逝**

175
重庆正是我的菜
——关于故乡的 A to Z

自序
我为什么要写作

初夏的时候,我做了一个可怕的梦,我梦到自己突然就死了。我没有记住死亡的原因。

女儿和她妈妈一起从遥远的波士顿高中赶回上海来和我道别。

女儿一直哭,泣不成声,我在天空里望着她,非常忧伤,非常自责,叹息自己没有更多地陪伴她,没有更多地了解她从童年到青春历经了怎样的心路历程。

而从此,她没有了父亲,没有了一片天,与那些物质的、虚荣的、偶尔庆幸偶尔抱怨的获得相比,父亲是唯一重要的拥有。

真是让人痛彻心扉的领悟。

女儿一直哭,直到她回到波士顿高中的校园,而生活总是要继续。

初夏的花粉季到来了,花粉、树粉、草粉漫天飞扬,生活是悲伤的,甚至美丽的玉兰花也会让人焦虑不安,忧郁而惆怅。

忙碌的生活、学习之后的某一个夜晚,她躺在床头,疲惫却难以入眠。

"我想念爸爸了。"

爸爸是一个什么样的人呢?他到底有多高啊?我和他每一次背靠背比身高的时候,都觉得我好像已经比他高了。但是,每一回好像都还差一点点,我和他都非常不满意。哈哈,真是可爱的爸爸,任性的女儿。

可是,爸爸到底是一个怎样的人呢?每次吃东西的时候,爸爸总是吃鸡肉中的"死"肉,把翅膀和腿和所有的"活"肉给我和妈妈吃。爸爸说,我最喜欢吃死肉,方便,和那些白人一样。妈妈却说,爸爸只是想把好的东西留给你吃。

可是,爸爸到底经历过什么呢?他陪着我的时候,总是笑嘻嘻的,快乐的,从来没有见他皱过一次眉。难道他没有经历过不开心吗?没有经历过痛苦吗?飞机上妈妈说,爸爸只是不愿意让你承担一丝一毫的伤心和不快乐。

可是,爸爸的一切,我都一无所知,一个亲爱的陌生人,一个不真实的守护者,一个付出了他的全部却留下无数遗憾的人。

甚至,让我无从回忆,无从悲喜,最终走向绝望的遗忘。

我的梦在初夏的清晨醒来,那些眼泪和遗憾挥之不去。

我打开电脑。

我要写作。

写下我的故事,我的记忆,我的一去不返的时光。

某一天,这本书会在女儿的枕边,她每天都会读几行,哭着、笑着、叹息着,然后,这些文字会偷偷走进她的梦境。

一直到又一个美好的清晨。

"爸爸一直都在。"

我为什么要写作,这个理由足够了。

邱兵

2025.4.10　上海

我们从哪里来？
我们是谁？
我们要到哪里去？

5月，波士顿美好的季节，以及，不那么美好的花粉季，一拨一拨的朋友过来。樱花树下，有人享受当下，有人怀念过往，有人奔放热烈，有人含笑不语。

有人，肿着一张像猪头一样的脸，对春天、树粉、花粉、草粉充满了怨恨，那个人是我。

每个人都要去波士顿美术馆，我不是个好导游，总是把客人径直带到二楼。这里有镇馆之宝终年展出，来自19世纪法国后印象主义大师保罗·高更，是他在塔希提岛——他的艺术归宿之地——经历了没有最惨只有更惨的生活后创作的总结发言，一幅真正的大作，尺寸为139.1 cm×374.6 cm，画作的名字高更用法语题写在左上角，叫作：

《我们从哪里来？我们是谁？我们到哪里去？》

我不了解保罗·高更，喜欢这幅画是因为一本叫作《月亮与六便士》的小说，保罗·高更在书中化身为一个名叫思特里克兰德的人。我很喜欢这本书，10年前办《澎湃新闻》的时候，我还引用它作为发刊词。

毛姆在书的结尾写了一段话，大约是说：

> 我的亨利叔叔在威特斯台柏尔教区做了27年牧师，遇到某些事情就会说：魔鬼要干坏事总是可以引证《圣经》。他一直忘不了一个先令就可以买13只大牡蛎的日子。[1]

---

[1] 毛姆：《月亮与六便士》，上海：上海译文出版社，2009。

30多年前，读这段话的时候，觉得这扯的啥犊子啊；30多年后，经历了种种种种之后，觉得，大约读懂了一点点。

根据重庆家里95岁老父亲以其昏昏使人昭昭的叙述，可能是在2020年，或者是2021年，又或者是2022年……我忍不住要打断他，就是2022年，没得错！

2022年的5月28日，76岁的老何从他住的七楼不幸掉下来，摔死了。

老何住的楼出现了一例阳性，当时按规定封了几天，但是老何每天都要去长江里游泳，丫使了小聪明，大约是想攀着阳台外的排水管下来，结果失了手。

救护车来的时候，医护人员做了一件非常特别的事，给老何测新冠，结果是：阴性。然后，才宣布，老何已经嗝屁了。

尽管这个动作比较黑色幽默，但是您别说，这个检测结果让整幢大楼都放了心，也非常符合老何永远帮助别人，从不给人添麻烦的性格。

很久以来，我都想在5月28日写一篇怀念老何的文章，特别是去年，2023年的夏天，觉得有很多话要说。但是后来忙着忙着又忘了，这件事再次证明我有两个不知道是优点还是缺点的特点：一是非常善于接受；二是非常善于遗忘。

老何年轻时是父亲的同事，比父亲小十几岁，是一个年轻的警察，业务过硬，品德优秀，没得话说。

老何——当时叫小何——的问题是，他是一个好人，也是一个杠精。

比如，有一天他就和父亲争论起来，小何在支部的会上发言说，自己要做一个"毫不利己，专门利人"的人，父亲说，世界上没得"专门利人"的人，但是小何不同意，而且认为"毫不利己，专门利人"是领袖讲的，觉得父亲的思想有问题。但是彼时已经是1980年，思想有没有问题也就只好那样了。

本来开好会大家准备给小何呱唧呱唧一下的，但是被父亲这么一搞，沉默着就散了。

散了之后，小何心情不佳，父亲心情很好，说："专门利人的小何，你中午带的炒肉片拿来我咪西咪西一下。"

小何老大不情愿地把饭盒拿过来给他，说："留点。"

父亲说："专门利人还留个屁呀。"

小何很无语，不知道说什么好，只能苦笑。

父亲夹了一块又还给他，说："专门利人的小何可以重新取个名字，就叫何雷锋。"

在我们重庆话里，何雷锋就是活雷锋。

毫不利己专门利人的何雷锋不是光说不练的假把式，这一点让我父亲等老家伙很意外，并且发自内心地服气，这是老父亲20世纪90年代很清醒的时候告诉我的。

说是何雷锋去处理一起家庭纠纷，一对夫妻吵得很凶，大清早的整个小区都听得见，劝了半天没得用，小何刚准备搬个凳凳坐下来说，女方就发了疯，冲到厨房去拿菜刀，并且用迅雷不及掩耳的速度冲出来，举起菜刀就往男的身上招呼。

男的就站在何雷锋身边，何雷锋想都没想就把男的挡在身后。

女疯子一共砍下来三刀，两刀在何雷锋的右肩，一刀在颈椎，最后证明三刀都不深，没能要了何雷锋的命。不过颈椎附近那一刀下去，血飙出来，何雷锋一见这么多血，蒙了圈，往地上一躺瘫了下去，女的以为把何雷锋的头砍下来了，吓得吼起来："我不是故意的。"也往地上一躺。

男方一个人站着，说："杀人啦！我×你妈！"

何雷锋没什么大碍，躺了三周医院，父亲他们去看他，诚挚地向他道歉，说，何雷锋就是一个彻彻底底彻头彻尾毫不利己专门利人的人。

何雷锋的老婆退休前几年，在马路上走路，被一个20岁的小伙子骑自行车撞倒受了伤，住进了医院。

何雷锋赶到医院的时候，妻子很虚弱，本来身体就不怎么样，这一下撞得不轻。

何雷锋念高三的儿子一米八·何把肇事者按在病房的座位上，等何雷锋发落。

肇事小伙坦白，是他干的，他全责，农村来的，也不大懂什么交规，在工地上干活，中午休息出来逛一圈，闯了祸，他听医生说要花一万多元，他没有钱，但他说愿意每个月交给何雷锋500元，两年还清，不晓得叔叔能接受不？

何雷锋的铁拳高举在半空，又放了下来，说，你走吧，千万不要有下次，再被我逮到你乱窜，你龟儿子就完了。

何雷锋的老婆在医院待足了100天，还打了钢板，走的时候，发现有人结了所有的账，留下的信笺上简单地写着：叔叔，都是我的错，对不起。

一米八说："活该，谁让他撞伤我妈的，以后有什么后遗症还得找他。"

何雷锋说："闭嘴，×你妈这农村娃儿容易吗？这些钱啷个来的我们都不晓得，他吃了些啥子苦我们也不晓得。又不是存心撞你妈，有后遗症就你负责了，听到没得×你妈。"

那一年我和一米八都考上了大学，我学新闻，要记录历史、匡扶正义，他学经济，要——搞钱。"所有的问题都是没钱造成的，"一米八说，"包括革命和反革命。"

我们在酷热的夏夜沙哟娜拉，一去不回头。

何雷锋的老婆没有留下后遗症，但是得了更严重的病，晚期肠癌，走的时候只有65岁，何雷锋当时68岁。

弥留之际，一米八也从美国纽约他工作的地方赶回来，陪伴在床头。

何雷锋说："我也不害人哪，对哪个都好呀，啷个就摊上这么个命呢？"

老婆说："够好了，不要怨天尤人了，儿子有出息，我们也生活得安安稳稳，人总是要死的，早点晚点，我没啥遗憾的。"

一米八哭着说:"妈,你还没到纽约我工作的地方去看过呢,华尔街只有三分之一英里长,10分钟就走完了。"

妈妈说:"遗憾了。"

根据何雷锋老婆的遗愿,不开追悼会,不搞任何仪式,骨灰直接撒在长江里。

办完母亲的事,一米八又要回华尔街搞钱了,我们一起和何雷锋吃饭,一米八说,爸,你要不去纽约和我住一段时间,散散心。

何雷锋说,我去了美国,哪个陪你妈呢?

我和一米八面面相觑,不知所云。

何雷锋是真的要留下来陪他的老婆。

他年轻时身体强壮,喜欢游泳,现在,68岁的何雷锋决定每天去长江里游泳,春夏秋冬365天,一天都不能间断。

大约,肯定,因为在长江水里,他能和老婆永远在一起。

我们的小镇上,在长江里游泳的人不止一两个,他们从小镇最西边的地方下水,穿着背后拖个大气泡的救生衣,在湍急的江水中搏击,顺流而下,在我们小镇最东边的地方上岸,上岸后在江边步道免费冲淋的地方冲上一把,神清气爽。

夏天的时候,长江里会有很多人游泳,大家伙兴致勃勃,热气腾腾;冬天的时候,只是偶尔几个孤单的身影,在冰冷的江水中坚持、挣扎,仿佛历史洪流中的几粒沙,沉沉浮浮,转瞬即逝。

重点是，每天下午3点，一个小黑点雷打不动地漂浮在江面上，何雷锋的双臂拥抱着江水，热烈的、冰冷的、湍急的、平静的、悠远的、唇齿之间的长江水。

何雷锋没有一天缺席过这场拥抱，长流不息的拥抱。

关于我们从哪里来，我们是谁，我们要到哪里去……

正如之前所说，2022年的5月26日左右，何雷锋住的楼发现了一例阳性，然后，就要按规定封几天。

居民都理解，何雷锋也理解。

但是，何雷锋理解却不能接受，他要去长江里游泳，事实上，他已经两天没去了。

何雷锋住的这个楼，孤零零一幢，也没个小区，管得不松也不紧。2022年5月28日，他在阳台上萌生了不正确的想法。

以后的事就是那样了，细节都是我后来才听说的。

2022年的5月28日，我和老婆、女儿三个人在广州，我们抢高铁票从上海过来广州领馆给女儿办读书签证。

5月28日这天我们完成了七天集中隔离，可以转去一个酒店式公寓再自我隔离七天。

朋友开车到广东增城的隔离点来接我们，夜里10点多我们才获准出来，在停车场会合，这七天我们是分开隔离的，我看到的最后一个镜头是消杀的人员正拿着一个喷农药一样的东西往女儿背着的小书包上喷。

我在后面说:"这么小个书包用不着吧……"

消杀的人说:"难道病毒还认识书包?"

这话像愚公驳斥智叟一样让我哑口无言。

入住的时候,窗口里的工作人员说三个人必须全部分开隔离,一人一间。

老婆就有点炸毛了,说:"小朋友只有12岁,万一有个什么问题,你负责任?"

总之纠缠了蛮长时间,总算同意老婆和女儿一间,我一间。也是后来才知道,隔离的住宿费都是自己承担,一间一晚上500元,良心价,七天,少一间就少挣3 500元。

总之,2022年5月28日那天夜晚,广州刚刚下过雷暴,月光暗淡,七天来我第一次看到女儿,兴奋地问她:"怎么样,你的隔离生活?也算一种体验吧?"

12岁小同学在后排沉默了很久之后,又沉默了很久。

何雷锋走的2022年,一米八没有回来,买不到票。何雷锋的身后事,都是亲戚帮忙办的,他们说等一米八你龟儿子回来,黄花菜都凉了。

何雷锋的骨灰,也撒在长江里。

这是一个悲伤而欣慰的结局。

一年之后,2023年的夏天,我和一米八在长江边见面,我的母亲也在2022年的年底走了。

盛夏的夜晚，我们吃了火锅，又买了一堆啤酒，拎到长江边上接着喝。

一米八说："怎么样，记录历史、匡扶正义的事业顺利不，我最佩服你们这些人，没有你们这个×你妈社会就完蛋了。"

我说："不靠谱的是我们先完蛋了。"

我说："怎么样，你的华尔街搞钱事业如何？"

一米八说："跟纳斯达克和道琼斯一样，有些cycle（周期）很高潮，有些cycle很低落，但是你知道，总体收益不错，人生值得。"

一米八说："老邱，突然之间，我没有了母亲，也没有了父亲，我想以后我也没什么机会和理由再回来这里了。"

我说："至少，我们都知道，我们从哪里来，我们是谁，我们要去哪里？"

告别的时候，我说："什么时候，我送你一份小礼物，写一篇关于何雷锋的文章，怀念永远毫不利己专门利人的何雷锋同志。"

一米八说："我没有什么礼物送给你。如果，你有一点闲钱，丢了也不要紧的话，你可以买一点美国那几个最好的科技公司的股票，扔在那不用管它，关注一下那个叫NVIDIA的，你知道的哈？有风险，但是机遇70%，风险30%。"

我说："我知道，英伟达，黄仁勋，我没得闲钱，也不搞这些投机倒把的玩意儿。"

一米八说："我家专门利人的老头死了，他做梦都没想到是这么个死法,我没得那么高尚,我是专门利己,绝不害人。"

一米八说:"我们从毫不利己而来,往共同富裕而去,逻辑清楚,政治正确。"

2024年春天,花粉季,我仍然挺着一张猪头脸,一米八从纽约开车来波士顿玩。

我陪他去了美术馆。

又去了二楼。

又站在保罗·高更的画前。

他说:"哇靠,原来是嘞个样子。"

一米八说:"10年前,我读了你的一篇文章,里面提到《月亮与六便士》,我也去看了这书,哈哈,看了好多遍,很好看。"

一米八说:"老邱,你也是,天天忙着诗和远方和月亮,把×你妈英伟达都搞忘了。"

一米八很认真地看高更的画,土著人怎么从一个婴儿,变成一个苍老的妇人,走完一生。一米八特别认真地凑上去看左上角的法语签名,"哦,"他说,"还真是叫这名儿,我们从哪里来?我们是谁?我们要到哪里去?"

美术馆的保安过来提醒他,不能凑那么近。

一米八从美术馆出来,兴高采烈,容光焕发。

我说:"怎么样,说说你对艺术的感受?"

一米八说:"我就想到了两字儿:安逸!注意一定要用成都

口音!"

我们在新英格兰绚烂的夕阳下告别,黄水仙、玉兰花、紫荆花令人心醉地绽放。

一米八说,他在曼哈顿公寓的冰箱上贴着一句话,每天都能瞄到一眼,他很喜欢,也是从《月亮与六便士》中来,这次正好买了高更画作的冰箱贴贴上去,格老子不虚此行。

这句话是:

"The mills of God grind slowly, but they grind exceeding small."(上帝的磨盘转得很慢,但磨得很细。)

一米八说:"老邱,我也很怀念四分钱一根棒冰的日子。"

我说:"最早是两分钱。"

一米八说:"那才是我们的时代。"

鲟　鱼

基于真实故事写成，部分细节和人名进行了修改

第一部
1988年的航行

1

"如果某一天你要写我的故事，主人公的名字可以叫张渝民。"

他斜躺在床上，倚靠着医院病房提供的散发着霉味的枕头，嘴里喷出这种病特有的一股恶臭。

"你想呀，每个人看到这个名字，可以肯定两件事情，我是哪里人，我的阶层地位如何。当然，我爹妈留给我的这个姓就别改了。"

重庆的冬天很冷。阴冷，湿冷，春天战战兢兢不敢冒冒失失到来的冷，以及，不知道能不能熬过这个寒冬的冷。

"其实，还有一种死法，可以不用痛成这样，也别让老婆女儿这么辛苦。就是，走出医院50米，从滨江步道往下一跳。"

滨江步道下面，长江水沉闷地流淌着，没有夏日阳光下小溪流的欢腾雀跃，也没有一望无边的海岸线的波澜壮阔。长江重庆主城段20米至30米水深。水流不急不缓，悄无声息，仿佛平凡人的沉闷一生。

"不过，冬天水里太冷了，黑暗、冰冷，大概地狱就是这样的，关键是，我的水性又太好了，长江水估计淹不死一个船长。"

船长又咳嗽起来，地动山摇般的咳嗽声，连死神也应该感到惧怕。

小细胞肺癌（Small Cell Lung Cancer，缩写为 SCLC）是肺癌中恶性程度最高、恶化最快的一种类型。

生物学行为：高度侵袭性。

生长速度快：小细胞肺癌的癌细胞倍增时间短（约 30 天），肿瘤可能在几周内迅速增大。

局限期（早期，没有扩散）：五年生存率可以达到 20%～30%。
广泛期（已转移）：五年生存率不足 3%，中位生存期 8～13 个月。

终局，大约不会超过 63 岁了。

"你相信有灵魂不？一个月前你要问我这事儿，我会回答有锤子个灵魂，人死了就一捧灰，没有更多了。确诊了我就琢磨，还是有灵魂比较好。灵魂是大海里升腾到空气中的一滴水，一场雨让它落到了水潭里，随后它流进小溪，又流入江河，蜿蜒蜒蜒，直到最后，到达它原来的地方，一望无际的海洋。然后，某一天，再次升腾到大气中，进入下一个轮回。

"这样我就没有死。"

2

我认识张渝民是在 1988 年的 9 月,学校安排的一个短暂的实习之后,我坐船从重庆回上海的大学。

1988 年,我 20 岁,念大学三年级,张渝民 33 岁,在长江客轮上工作,具体职务是负责客轮上餐厅的管理。用一句话来总结他的管理成果就是:"又贵又难吃。"

重庆到上海的船要开六天五晚,漫长的旅途。我买的是四等舱,不算最差的,再往下还有五等舱和散席。四等舱 16 人一间,男女老少各色人等混作一团。

靠近船舷的门旁边,下铺是一位大姐,年龄有 40 多岁,带了两个袋子,一个袋子装着她的衣服和日用品,另一个巨大的袋子,全部是,吃的,无数的香肠、无数的脖子、无数的爪子……

"我跟你们说,船上的东西难吃惨了,我老公给我准备了一周吃的。"

我吃了一天船上的回锅肉就明白了,大姐是过来人。

正当我琢磨着怎样忽悠大姐以获得一根麻辣香肠作为奖励时,机会就从天而降了。

船停靠在万县的时候,夕阳西下,江风舒爽,甲板上人越来越多,都出来享受这一天中最舒适的一段时间。

一个年轻人从四等舱门口经过,一秒之间,大姐放在床头的"上海"牌手表就飞走了,一点五秒之后,满嘴满手是油的大姐已经追了出去,两秒之后,急于立功的我也跟了出去。

在船尾的甲板上,两个人撕扯着。

大姐喊:"这个龟儿子,偷我的表,被我抓现行,竟然把手表扔到江里面,老子今天要抓你去坐牢。"

年轻人长头发,一脸坏笑,无辜地喊:"你哪只眼睛看到我偷你东西。"

"那你跑啥子?"

"你要打我我不跑等你打啊。"

"那你扔到江里面是啥子东西?"

"馒头,吃了一半,不好吃,甩了。"

船上专门有个警察大叔,长得并不怎么正派,过了半个小时才来,盘问了"扔馒头"的家伙以及满手满嘴油的大姐,以及立功心切、饥肠辘辘、一脸正义的我,以上对话又重复了一遍。

警察皱着眉:"人赃没有并获。"

我说:"哎哟喂,你到底是哪一头的呀?大姐亲眼看到他偷手表还扔到江里。"

警察说:"你看到没得?"

我说:"我跑过来就看到他们在打架。"

不怎么正派的警察说:"等于没说。"

大姐把两手的油不住地往脸上和身上擦:"你这个警察同志,我看你说了半天才是白说,他犯罪还有理了?"

警察说:"我要喊个人来帮忙。"

张渝民那天在夕阳下出现的时候,简直高大帅气极了,有点像《上海滩》里面许文强出场的样子。后来才知道,张渝民身高1.75米,但你知道,这个身高在1955年出生的重庆男性中,无疑是堪称巨人的。

张渝民嘴角叼着没有过滤嘴的廉价香烟,听到"把馒头扔到江里"的细节时,眉毛跳了两下:

"不好吃嗦,我们×你妈国营单位,你要啷个好吃才满意嘛?小崽儿。"

不知道为什么,"扔馒头"的年轻人有点紧张,不说话。

张渝民说:"把裤子脱了。"

年轻人说:"我没穿内裤。"

张渝民说:"没得关系,大姐是过来人。"

年轻人站了三分钟,没动。

张渝民说:"朝天门的杂皮都晓得,我要是动手的话,有点痛哦。"

一条长裤脱下来,里面倒是穿了内裤,长裤的内侧还有一个口袋,手表掉了出来。

大姐跳起来:"好你个龟儿子,人赃俱获。"

3

张渝民是个有趣的人,他说:"大学生不错,见义勇为,别人看到这些事都装作没看见。"

我说:"哪里哪里,大姐还给我吃了香肠和鸭脖子,受之有愧。"

张渝民说:"那就好,有觉悟。"

我发给张渝民一根"牡丹"牌香烟:"张哥,这船上你是领导啊?"

"我管食堂,领导个屁。"

"那为啥子这些事要你来处理?"

"警察叔叔马上就要退休了,不想管。管也管不了。这些坏种也不是省油的灯,哪天惹急了插你一刀,犯不着。"

"那你不怕?"

"我读过中专,学的是机械工程,主要是讲道理,以德服人。"

"呃……"张渝民本来谈兴正浓,想到啥突然卡顿了一下,"以前在车间里没事干,我也学点散打,学着学着入了迷,还参加了市里的比赛,有个体校的小崽儿,跟我决赛,在换衣服的地方就朝我吐痰,说要弄死我,那天两个人都铆足了劲儿玩真格的,后半段这家伙没力气了,我连着两个过肩摔,他躺地上不动了。体校生被送进医院后躺了五个月,差点就下半身瘫痪,最后总算是恢复了,不过运动生涯也结束了。"

张渝民说:"×你妈我的运动生涯也被体校生吓得结束了。"

我们在夕阳下笑起来,我说:"张哥威武。"

张渝民说:"你玩牌不?船上无聊得很。"

我说:"玩啥?"

张渝民说:"你们上海那边喜欢玩梭哈,会不?"

我说:"会倒是会,就是我没钱玩。"

"别玩钱,那就变赌博了,我们玩香烟吧,每回最多加到10根香烟。"

我说那可以的,我有一条烟呢。

我们蹲在船尾的一张小凳旁边玩,船停在万县码头过夜,明天日出时候会穿过三峡,船上的喇叭一直在认真地广播:"明天天气晴朗,请旅客同志们早晨7点准时到舱外,轮船将经过美丽的长江三峡。"

很多年后我看到一个数据说,一滴长江水从唐古拉山流到上海的入海口,需要31天;从我的家乡重庆巴南区鱼洞镇,流到上海的崇明岛,需要20天。

读到这个报道的时候,我忍不住叹了口气,才20天啊,这条河流过了我的一生。

我们在船尾玩了两个小时,两个人的牌都很烂,互有输赢,无精打采,而且我们差不多审阅了船上所有的人,除了三等舱有两个资质中等偏上的女孩以外,其他的都像我们手里的五张牌,毫无亮点。

9点我要回床上看书了,回去之前我准备搞两把大的,每次都加了10根香烟,事实证明张渝民运气比我好,两副牌都正好压我一头,一包烟就送给他了。

不过我觉得玩得挺开心,毫无疑问,张渝民是有魅力的重庆崽儿。

4

第二天下午,船尾,忙完午饭的张渝民又出现了。叼着烟。乱哄哄的头发在9月的太阳下冒着热气。知道他会散打之后,我感觉他有点儿许文强加霍元甲的意思。

"大学生,三峡看了没得?"

"看了。"

"嘿格老子,啷个听上去不是很激动呢?江山如此多娇,上次有个老华侨看到三峡的壮丽景色后,激动得一直啊啊啊,后来还送到宜昌去抢救。"

"我很激动的,但是你们的中饭太恶心了,我他妈都快吐了。现在我们舱里面14个人都在打大姐的主意,我已经不想再掺和了。"

张渝民说:"唉,惭愧惭愧,我自绝于人民啊。"

我说:"你知道就好。"

张渝民说:"当然,再苦也不能苦了我们的大学生,不知道大学生喜欢吃肉包子不?我自己吃的,不过我不饿,你拿去咪西吧。"

他的手上,一个饭盒,打开是四个肉包,热的。

在20岁的我看来，这四个肉包子的美已经超过了三个峡的美。

狼吞虎咽一通之后，我觉得自己总算能够活着到武汉了。

张渝民说："玩牌不？"

我说："玩啊，我他妈要把一包'牡丹'搞回来。"

玩牌的时候，张渝民总带着心不在焉又极其放松的表情，嘴角的笑容有点嘲讽，有点怜悯，还有点幸灾乐祸，总之，这是他一天中开心的时刻。

如你所知，又有两副大决战的牌，天平又倒向了张渝民一边，一包"牡丹"牌又飞进了他的口袋。

我说："妈的，再来，我还不信这个邪了。"

张渝民说："不了，老子要去搞晚饭了。"

他走时看着我屁股后面的书："读什么呢？"拿在手里翻了半天："现代诗。冯至。有意思吗？"

我说："也没多大意思，闲得无聊时翻翻。"

张渝民捧着书在阳光下朗读起来，重庆普通话，认真而滑稽：
蛇[1]——

我的寂寞是一条蛇，
静静地没有言语。

---

[1] 冯至：《昨日之歌》，北京：人民文学出版社，2000。

你万一梦到它时，
千万啊，不要悚惧！

它是我忠诚的侣伴，
心里害着热烈的乡思：
它想那茂密的草原——
你头上的、浓郁的乌丝。

它月影一般轻轻地
从你那儿轻轻走过；
它把你的梦境衔了来，
像一只绯红的花朵。

张渝民说："这本书可以，借给我看两天。"

5

"扔馒头"的长头发坏种被捕之后，反而成了一个麻烦。

开始我以为会把他关起来，结果并没有，因为快退休的警察觉得没必要。"你喊他跑嘛，他跑到哪点儿去？跳江跑嗦？"警察叔叔说，"关起来还要给他送饭，✕你妈比首长的待遇还好。"

听下来，长头发要和我们一起坐船到上海，再从上海坐回重庆，好家伙，差不多两周，又没什么吃的，感觉和拘留也大同小异。

长头发叫张二娃，他觉得自己是张渝民的本家兄弟，又是被张渝民拿下的，所以各种问题都向张渝民请教。

"张哥，你看像我这个情况，还要进去吃公家饭不？"

"重判。"

"还要重判？我偷都没偷成，属于未遂嘞。"

"已经遂了，而且被警方和群众现场抓获。经过详细了解，属于屡教不改，明知故犯。"

张二娃说："完了，估计要在里面过年了。"

张渝民说："早知今日，何必当初，年纪轻轻不学好，都是20来岁，你看人家，大学生，前途无量，国家栋梁，再看看你个龟儿子，偷鸡摸狗，成何体统。"

我说："我是锤子个栋梁，玩牌没一回玩得过你，说明我智商有问题。"

张二娃说："你们看过电视里放的《雾都孤儿》没得，重庆是雾都，我就是那个孤儿，我是误入歧途的，有一天可能我的海外华侨父亲会回来找我继承遗产的。"

张二娃没有父亲，只有母亲，母亲说他父亲死了，但是他外婆说他父亲没有死，只是在有一年发大水的时候，他的父亲跳下去救一个女的，人救上来了，但是他父亲没有上来，被冲走了，尸体并没有找到。

外婆说："没有见尸，哪个可以说死了呢？"

张二娃的母亲曾经厚着脸皮去麻烦过被救的女人，说他们家很困难，可不可以稍微意思一下，对方说：

"我又没有喊他下来救我，我自己可以爬上去的。"

雾都孤儿张二娃在长江客轮上"服刑"期间，向我们断断续续唠叨他的故事，张渝民一直沉默着，完了发了一根"牡丹"香烟给他抽。

我和张渝民玩儿牌的时候，雾都孤儿站在旁边看，东问西问的，很快就搞懂了规则，但是他参加不了，又没有钱又没有烟。

很快地，我的半条烟都属于张渝民了，他每天就玩一两个小时，你想跟他死磕到底，没门，他晚上也要看书，我的冯至的诗歌，他拿去每天晚上都读，说读完了更想念他 5 岁的女儿了。

我每回输掉一包烟，张渝民就赏给观战的张二娃两根，说："× 你妈好事一样不会，坏事无师自通。"

张二娃说："我至少观棋不语噻。"

说完耐人寻味地朝我笑笑。

客轮在武汉停靠的时候，发生了一件不大不小的事件。

上船的人和下船的人同时挤在荡来荡去的木桥上，桥旁边的围栏其实就是两根绳子。我们舱的大姐又要下船去买吃的，她的一大袋子食物已经被消灭了三分之二。

挤来挤去的，大姐突然就滑下去了，当中还费劲地拉住一根绳子，但是可能自重太重，瞬间就掉进了江里。

目击者说，大姐从头到尾就喊了四个字，但是重复了很多遍：

"不会游泳!"

有人朝她喊:"不要紧张,水不深,憋住气,我们把救生圈扔给你。"

大姐很慌乱:

"不会游泳!"

水不深,估计有一两米,但是淹死大姐足够了。

大姐在水中垂死挣扎着,没一会儿竟然离岸边已经十几米远了。

所有人都吃惊地看到,一个长头发从四等舱的二楼直接跳进了长江里,张二娃在水中和大姐搏斗着,大姐像搂着亲夫睡觉一样环抱着他,张二娃似乎很有经验,单手操作,迅速把大姐拽到船边,一伙人把大姐拉了上来。

接着,张二娃也被拉了上来。

至少,和十七八年前他爹的遭遇不一样。

整个过程10分钟就结束了,大姐换好衣服还在舱里哭了一场,后来她上铺的老头上岸买了一堆鸭脖子和什么糕给她,她又兴高采烈起来。

晚饭后我和张渝民在船尾玩牌,张二娃又来看,一会儿退休警察也来围观,四个人都抽烟,船尾烟雾缭绕,像是发动机搬到了二楼。

张二娃说:"警察叔叔,我到底会不会重判啰,张哥说我屡教不改,可能判无期徒刑。"

退休老头说:"那个大姐一会儿又说手表找到了,没丢,没人偷,×你妈简直形同儿戏。张渝民你看看这个事情啷个说?"

张渝民说:"莫要干扰我们小赌怡情。有没有人偷东西你说了算,在这条船上,你和船长就是王法。"

6

1988年的航行,有过一个疯狂的场景,烙印在我的记忆里,经年累月,无法抹去。

我们在葛洲坝排队等候了两三个小时才通过,正好是秋汛最急的那几天,长江在葛洲坝前拐出了一个弯弧。

疯狂的一幕出现了,水面上冒出了十几头中华鲟,逆流而上,体积非常巨大,一头得有四五米长,执拗的中华鲟似乎必须要经过大坝,不停地腾空飞起。

我说:"这是要干吗?"

张渝民说:"要去上游产卵。"

"上游哪儿啊?"

"金沙江吧。不是很清楚。"

"哪儿不能产卵啊?这也过不去啊,都他妈拦成这样了。"

"你小崽儿懂个屁。"张渝民说。

更可怕的一幕发生了,鲟鱼将五米长的身躯绷成了银色的弓箭,在混凝土闸门前腾空而起,猛烈地撞击泄洪闸。最猛的一头，青灰色颅骨在第 N 次跃起时已经裂开，仍然持续腾空将身体撞向钢铁闸门，暗红血珠随浪沫飞溅，非常恐怖。

鲟鱼的尸体在漩涡里打转，白色的腹部仿佛有什么密码。

那是从白垩纪开始的亿万年的归途。

"再厉害的玩意儿也经不起人折腾，×你妈。"张渝民说。

很多年后，报社的记者告诉我很多长江流域的神秘事情。

1.5 亿年前的中生代，中华鲟出现在长江的上游，最大可达到 500 千克以上，是中国长江中最大的鱼，寿命有 50 年至 60 年。

夏秋两季，生活在长江口外浅海域的中华鲟洄游到长江，历经 3 000 多千米的溯流搏击，回到金沙江一带产卵繁殖。产后待幼鱼长大到 15 厘米左右，又携带它们旅居外海。就这样世世代代在江河上游出生，在大海里生长。

当鲟鱼洄游到江河中的时候，它们总是会回到它们的父母曾经交尾的那片水域。每一条鲟鱼——真的是每一条——都跟随着自己父母的轨迹。从某种意义上说，它们知道那是它们必须回去的地方。它们可以在海里过一种自由自在的广阔生活，但随后它们总是会返回出生地，加入那个宿命般的集体。

没有人能够解释，在这个茫茫星球上，每一条在大海里生活了很多年的鲟鱼，都能够在没有任何指引的前提下，找到那片曾经的水域。

上亿年过去了，没有答案。

中华鲟从大海来到长江，忍饥挨饿一年多，长途跋涉到达金沙江。在那里，有湍急的河流和河底的砺石，鲟鱼将它们的卵粘附于砺石或掉落于石缝之中。之后，鲟鱼以及孵出的仔鱼再游向大海，仔鱼在大海中摄食生长8年至14年，待成熟时再次游向长江。

接着，就有了大坝的修建阻断洄游之路，鲟鱼的数量开始大量减少，逆流而上的长江鲟鱼，高高飞起，撞向大坝，血染江水。

为了去到它最初的地方。

7

长江客轮会在1988年秋天的某一个深夜到达上海的十六铺码头。

下午的时候，出了大太阳，我和张渝民约了去船尾玩牌，张二娃观战。事实上，我的一条烟只剩下一包多一点了。

张渝民说："大学生，我们马上就要后会有期了，要不我变个戏法给你们看看好不？"

张二娃说："看来是要揭晓谜底了。"

我一头雾水地望着两个人。

"大学生，想不想要一副大牌？"

我的眼前出现了近景魔术。

一张K，又一张K，再一张K，一张A，眨眼之间，又一张K。

我说："我×！"

张渝民说:"大不大?是不是应该赌10根烟?"

我说:"我愿意把我爹的房子压上去。"

张渝民发自己的牌。

一张黑桃3,一张黑桃4,一张黑桃5,一张黑桃7,一张黑桃6。

"你看,同花顺,又压你一头。"

我说:"我×你大爷。"

张渝民说:"所以,你的烟就是这样输掉的。"

张二娃说:"我猜大概就是这样。"

张渝民说:"烟还你,已经抽掉了一包半,主要是张二娃抽的。当然,我们也玩得很开心,对头不?大学生。另外,可以把这本'蛇'的书送给我不?"

我说:"可以!"

第二部
2014年的航行

1

2014年的春节前,我在武汉参加一个活动,一群报社的人聚在一起讨论报纸经营困难的问题。

会上有人说现在互联网有个叫"算法"的东西,非常厉害,你喜欢看啥就给你看啥,无穷无尽,爱不释手。

说有个汽车品牌的老总,他在迎新春大会上讲,企业现在发展得很好,知名度也很高,网上天天都是我们家的报道。

下面的人咕噜说:你用的那个傻×App就是给傻×看的。

参加武汉会议的人都笑起来,一起露出了"祖上曾经发达过,我们才是正统"的表情。

会议最后一天以强化版权意识、加强新闻资质管理为议题展开了热烈讨论。

不过我听了一半就提前离开了,因为办活动的年轻人给我订了回重庆的票,不是机票,也不是车票,是船票。

他们说,长江客轮很早就没有生意了,现在都游轮化了,非常舒适,吃得又好,强烈建议我体验一次。

这是一艘挺高级的游轮,比一般的游轮少停靠一些小地方,逆流速度较慢，一共是四天三晚，纯休闲，看看离春节还有一周，我没能抵挡住诱惑。

2014年春节前的某一天清晨，我像莱昂纳多·迪卡普里奥和凯特·温斯莱特那样站在船头，可惜我只有一个人。我观察过游轮上的乘客，以有钱有闲的叔叔孃孃为主。

气温大约只有零摄氏度，江风扑面，冷得直哆嗦，大约因为这个，丝巾孃孃也放弃了拍照和跳舞，甲板上一个人都没有，一层薄雾笼罩在江面上，梦境一般。

很小的时候，关于长江的纪录片中出现了一首名叫《乡恋》的歌曲，李谷一演唱，那是我的童年听过的最美好的歌曲。

它讲述一个出生在秭归——大约就是湖北宜昌兴山县——的一个女孩的故事，她名叫王嫱，又叫王昭君。她的家乡位于长江三峡西陵峡畔，这里山清水秀。公元前33年，匈奴呼韩邪单于主动归附汉朝，请求和亲。王昭君自愿请缨远嫁匈奴，被汉元帝封为"宁胡阏氏"（意为"带来和平的王后"）。她的出塞结束了汉匈百年战争，开启了双方长达半个世纪的和平。

当然，关于她是否"自愿和亲"，我看书上观点不一样，一般说来，汉代宫女远嫁异域多属无奈，但昭君主动请缨的传说反映了她超越时代的勇气，至于这勇气从何而来，我们也许只能从险峻的三峡急流中寻找答案。

冬天的长江水，冰冷无情，仿佛时间一样。

从21世纪前20年的精神面貌来看，大约很少有人还会相信这样的勇气。说我们仍然满怀热爱是不对的，当然，说我们从未爱过也是不对的，至少在我们漫长的半生中是有过一种伟大的爱情的，其核心就是爱我们自己。

江面的雾越来越浓，我准备回去房间里了。抛开那些童年的往事不说，必须得承认，这一次的长江之行相当不错，夸张点说，这次航行的体验棒极了。轮船全部装修过，主办方给我订了一个单人间，卫生间、淋浴，一应俱全。昨晚还去餐厅吃了晚饭，川菜为主，我点了毛血旺、豌豆尖，一荤一素，很好吃。和1988年的航行比起来，称得上是鸟枪换炮了。

半夜醒来看到房间靠门口的写字桌，亮着微光的台灯，忍不住想到这个位置本来躺的是大姐，以及那一堆香肠、爪子，以及她从长江水中被捞出来之后号啕大哭的样子。话说，这26年吃过很多好吃的，比如今天晚饭的毛血旺，但是很遗憾，还是没有什么体验能比大姐的香肠和张渝民的肉包子更加美味。

那个年代，我的肠胃在进食之前一直在默默地祷告：耶稣基督我佛慈悲真主阿拉，谁让我填饱肚子谁他妈就是爷。

从船头回到我的房间，一个小伙子在房间门口等我。

说是帮我升了舱，准备帮我收拾行李立即搬过去。

我的神经敏感起来："为什么要升舱，我不需要升舱。升舱要多少钱？"

小伙子说："邱先生，是免费的。"

"免费？天下竟有免费的午餐？"

小伙子笑起来,用重庆话说:"免费的午餐确实也安排好了。另外,嘚个是船长的命令,我需要在一刻钟内完成并带你去餐厅。"

我照办了,因为,可能,"报社总编偶尔真的会有这样猥琐的好处"。

新换的房间并不是升舱那么简单,它是整个游轮的顶层差不多一半的区域,我愿意称它游动的"总统套房",面积大约有500平方米,独立的露台,夸张的是,甚至还有桑拿房。

房间270度落地玻璃窗,宛若在天空中飞行,我站在独立的露台上眺望着昭君故里,哼着忧伤的《出塞曲》,快活极了,当然,唯一的担心是:

"万一,最后要算钱呢?不过我身上一共就300元,诈骗个鸡毛啊!"

跟着小伙子去了昨晚上去过的餐厅,一个头发花白的男的坐在靠窗的位置等我,听到我们的声音他抬起头说:

"大学生,玩梭哈不?"

2

张渝民说他昨晚在餐厅看着我就觉得有点像,没敢确认,看了看我们登记的身份证,可不,正是故人来。

张渝民已经当了十多年的船长,59岁,头发白了四分之三,明年的1月底,就要光荣退休了。

说话间，后厨也出来一个长发瘦子，雾都孤儿张二娃现在是豪华游轮的餐厅经理，张二娃也四十六七岁了，不过还是很瘦，西装穿在身上，又像是从哪里顺来的。

当然我没有说出口。

26年的时光，像长江水一样，倏忽之间越过了万重山。

张渝民说冬天游轮的客人很少，欢迎我体验一下他们的总统套房，好好替他们宣传宣传。

我说："我×你妈开始以为是要骗我的钱。"

张二娃说："你的钱又不是没被骗过。"

张渝民说："烟，注意只是几根香烟，不过邱大学生很容易骗，这也解释了为什么有些研究生会被人贩子拐走。"

我们都猥琐地笑起来，忍不住端起"老山城"啤酒，敬岁月留给我们那么多的美好。

我在腐败的总统套房住了两个晚上，第二个晚上张二娃提出他专门烧几个菜端到房间里来吃，三个人一起喝喝酒聊聊天。

结果那天是张渝民59岁的生日。

先是我们送祝福，张二娃祝张渝民早点当外公，张渝民说："确实是，我那个女儿，31岁了，还不生，丁克，享受生活，日你妈老了就晓得凄凉了。"邱大学生的祝福最简单，少喝酒，不抽烟，多带老婆一起旅行，快乐似神仙。张渝民说："也是，该保养保养了。"

然后就是许个愿，吹蜡烛。

许完愿张渝民说:"我把我许的愿讲给你们听好不?"

我们说:"不能讲不能讲,讲了就不灵了。"

张渝民说:"不讲老子睡不着!"

3

"我在很多年前玩过散打,属于年少无知、闲极无聊找乐子。"

张渝民手里的烟抖来抖去,明明烟灰缸就摆在他面前,他好像看不见,慌慌张张,烟灰掉得沙发、衣服上都是。

我边帮他清理边说:"少抽点,你退了休不是还要陪老太婆驾船环游世界吗?生活方式忒不健康了。"

张渝民说:"1988年的时候,我跟一个体校的小兔崽子打决赛,把他送进医院躺了五个月。开始的时候很吓人,这家伙一直昏迷,大约有一天一夜,后来总算醒了,能够吃东西,然后起来活动,渐渐恢复了。听医生说伤在颈椎和腰椎,脑子里面拍了片子,应该都是好的。"

我去医院看他的那天,这家伙刚刚恢复清醒。

医生问了一些问题:

"你叫什么名字……"

"马……小冬。"

"你多大了?"

"19岁。"

"你家住哪里？"

"……"

"你现在在哪里？"

"……"

"你父母叫什么？"

"……"

"你还有什么亲人吗？"

"马……爷！"

张渝民说："马爷就站在病床旁边，不是老头，是马小冬的哥，比马小冬大好多，比我就小个两三岁，后来听朝天门的'棒棒'说，哥俩是从四川过来的，没爹没妈，哥哥照顾弟弟，到处讨生活。"

马爷也当过"棒棒"，干过所有他的智力和体力能及的活，为了把马小冬拉扯大。

至于"马爷"这个威名怎么来的，说不清楚，有说是一个年轻的姑娘开始叫的。

这个姑娘从朝天门坐中巴车到南坪去，车上有个北方口音的男的，喝了点酒，非常恶心，一个人坐在最后一排的正当中，张开双腿，霸占了其他三个座位，然后问姑娘说要不要坐。姑娘说，不需要，我站着就好。

姑娘说："大哥，你看嘞几个叔叔孃孃都拿着东西的，你收一哈脚让他们坐嘛，恁个张开样子也不好看。"

北方口音说:"好好,你们都坐,你坐我当中的地方,你看我都给你留好了。"

姑娘气得和前面的马爷换了个地方站。

马爷叼着烟,说:"欺负人要不得。"

北方口音对着马爷往地上吐了一口痰。

接着,马爷的右脚就蹬在北方口音的正当中,开始这家伙还用双手去护着裆部,但是"棒棒"的腿部肌肉,以及所有的肌肉都很强大,连续十几脚踹到裆部,北方口音躺了下来,嘴巴还没有示弱。

说:"我他妈下车就找人弄你。"

马爷吸了一口烟,若无其事的,突然就把大半支燃烧着的烟插进了北方口音的嘴里。

感觉是吓坏了,北方口音开始含混地狂喊:"叫警察叫警察叫警察……"

警察来了,问了10分钟,车上的人全部作证马爷是见义勇为,北方口音说"他还把点着的烟塞进我嘴里",警察说"这些鸡毛蒜皮的事不要东扯西扯",10分钟就走了。

车到了南坪,马爷很认真,说:"我等你喊人来弄我,要是不来的话我就要继续弄你,如果心情不好我就要把烟插到你的裤裆里。"

北方口音就开始哭了。

朝天门的"棒棒"说,从那天开始,马小冬30岁的哥就变成了马爷。

4

在马小冬的病房里,张渝民掏出了1 000元。

他跟马爷说:"很不好意思,我也没什么钱,就是表达一下心意。"

马爷说:"拿走,不需要。"

张渝民说:"其实就是瞎玩玩,没想到搞成这样。"

马爷说:"你摔他的第二下没什么必要。"

张渝民急得脸涨得有点红:"他爬起来了……"

马爷说:"他爬不起来,挣扎了一下而已,我站在离你们十几米的地方看到的。"

天就这样聊死了。

张渝民走的时候说:"我要去跑船,过一段时间再来看小马。"

马爷说:"没得必要。"

张渝民走的时候多了个心眼,和马小冬的医生打了个招呼,说马小冬有任何消息能不能够告诉他一声,还把单位的电话给了对方。女医生非常好,姓刘,长得又像刘晓庆,性格也像,活泼开朗,咋咋呼呼的,她说没问题,让张渝民也别有什么心理压力,会好起来的。

"只是他那个哥,阴沉沉的,当自个儿高仓健呢,切!"

差不多五个月后,张渝民接到刘医生的电话,获知马小冬已经出院了,一切都好,行动自如,唯一遗憾的是,不能再从事剧烈运动了。

张渝民终于舒了一口气:"谢谢你,我也早就不碰任何剧烈运动了。"

冬去春来,大半年过去了,张渝民享受着安宁的生活,并且找到了新的非剧烈运动项目,这个新项目,不玩不知道,一玩甩不掉。

乃是,钓鱼。

张二娃说,男人爱上钓鱼就是要告诉别人另一个重要的事实:我已经不需要性生活了。

张渝民说:"哈哈,扯淡扯淡。你去问问你嫂子幸福不?还有,你应该问问我,钓鱼的时候幸福不?"

张渝民钓鱼的时候,就像乔达摩·悉达多坐在菩提树下,多巴胺可以连续分泌七天七夜。

重庆的钓鱼佬,经常聚在一起,讨论嘉陵江里面有一种鱼,最重的号称有一百斤,说是肉质好到可以直接生吃。每个人都煞有介事地讨论这种鱼,事实上没有人见过,甚至连名字都没有。但是钓鱼佬经常在嘉陵江沿岸忘情地寻觅,"如果能够钓到一条,我愿意少活一年"。每个人都赞成这种想法。

这一年,张渝民还有一件大事,就是被提升为大副,终于不用再管餐厅那档子烂事儿了。

不过,在这一年的岁末,张渝民接到一个电话,刘医生的电话,她说,叫马小冬的小伙子又住进了医院,处于昏迷状态。

尽管马爷付出了很多心血照顾马小冬，算是又当爹又当妈又当哥，但是马小冬显然并没有朝着马爷希望的方向成长。

准确地说，没有人喜欢马小冬，世界上唯一愿意和马小冬在一起的人，就是马爷，以及他新结交的几个南坪的烂仔。

马小冬陷入昏迷的那一天晚上，他们一起玩台球，喝了很多酒，吸了某些东西，当中马小冬大约是嫌女店主去买酒太慢，和她发生了口角，接着还用球杆打了她一下，女店主大骂他欺负女人，不得好死。

凌晨两点多的时候，站在球桌旁边的马小冬突然倒地，压断了一根台球杆。

刘医生说："马小冬昏迷的原因很复杂，跟毒品、酒精，以及之前脑部的创伤可能都有关系。"

张渝民说："那，他总是会醒过来的吧？跟上回一样。"

刘医生说："这可不好说。"

钓鱼佬张渝民宁静的生活突然动荡起来。

医生说的话总是留有余地的，比如她说"不好说"的时候，马小冬其实就不会再醒过来了。

马小冬在医院躺了五年多，最后宣布死亡。

这五年多时间里，张渝民在第一时间去过一次，他不知道说什么好，站在三人间的病房里，人来人往，张渝民像是等待审判结果的犯人一样，惶惶不安。

他和马爷对视过几秒钟。

张渝民向我们描述那双眼睛里的内容：一、马爷相信马小冬不可能再回来了，所以那双眼睛里布满了死亡的气息。二、马爷拼死拼活挣钱的目的，就是要照顾好马小冬，甚至，连老婆都没找。现在，他失去目标了，也没有压力了，或者，活着的意义也失去了。三、马小冬的悲剧命运需要一个正本清源的判决，但是，医生没有给出准确答案，或者，根本没有答案，所有人都是陪审团，没有人坐在被告席上。

但是，如果说喝酒吸毒都是马小冬主动而为、咎由自取的话，那只有一件事是马小冬被动承受的：

那两个过肩摔。

马爷看到张渝民进了病房，说："你又来干啥子？"

张渝民说："我……唉……"

马爷说："没得必要，与你无关。"

张渝民说："这孩子，不幸，我……也不知道与我有没有关，抱歉了。"

临走的时候，张渝民再次望了马爷两秒钟，他猜，如果马爷的理智被悲伤掩盖的话，被告席上只能有一个人：

张渝民。

5

千禧年的早晨，似乎一切都是新的，张渝民在阳台上深吸了几口也不知道是雾还是霾的空气，觉得心旷神怡。

"果然，21世纪的空气也不一样嘛。"

2000年，张渝民45岁，最黄金的年华，当上了船长，女儿考上了上海交大，两口子都身体健康，跟初恋时一样恩爱，张渝民在阳台上拍着胸脯："扪心自问，张渝民，你是不是人生赢家！"

张渝民在20世纪的最后一个晚上读到一段话，说，唯有财富自由才是人生赢家，因为只有财富自由了，才可以对所有不喜欢的人和事说："去你妈的蛋"。

张渝民在阳台上自言自语，傻×玩意儿，自以为高明，上个月刚刚，一个财富自由的熟人，在重庆给毙了，"去你妈的蛋"，有那么容易？

"也许，唯有灵魂自由，才是真正的赢家。"这是张渝民的结论。

这个灵魂自由，很有可能包括一件逝去的往事。

马小冬，那个可怜的年轻人，已经走了两年了，他以及他的冷漠而强硬的兄长，仿佛一段灰暗而久远的回忆，在张渝民的脑海中，渐渐淡忘了。

千禧年的第一天，张渝民继续他从20世纪传承下来的节目：钓鱼。一切准备工作就绪，张渝民觉得多巴胺已经开始分泌了。

张渝民的房子，1998年刚刚搬进来，算重庆比较早的商品房，一梯四户，档次中等偏上，他这一层，才只住了两户人家，另外两套还空着。

准备下楼的时候，发现走道里有一堆东西，对面的空房子似乎搬进了人，老婆说："哟，是新邻居搬进来了，打个招呼不？"

张渝民说："好，千禧年第一天，黄道吉日。"

门铃响了两秒钟，出来一个脸上没有任何表情的人。

马爷。

第三部
2010年的航行

1

千禧年的第一个早晨,马爷的家搬到了张渝民家的正对面,在他弟弟马小冬死亡两年多之后。

这当然是一件用一百个"我×"也无法形容的疯狂事情。

张渝民的第一个重要决定,就是在搞清楚来龙去脉之前,不告诉他老婆一个字。否则,他敢保证,平时就有点疑神疑鬼的娃儿妈,一晚上就得崩溃。

事实上,自从看到马爷的第一眼开始,张渝民的内心先崩溃了。

他带着一堆钓鱼装备下楼的时候,在二楼的楼梯转弯处还绊了一跤,直接扑到了一楼,东西散了一地,狼狈不堪。

张渝民坐在地上抽了自己一大嘴巴:"慌什么?什么他妈马爷王爷的,以为你张爷是吃素的,我他妈什么风浪没见过,竟然搬到我对面来,死变态!"

张渝民摸了摸屁股蛋,倒不是很疼,但是,一头的汗。

重庆的房子不讲究朝向,大约因为反正就没有太阳。

而事实上冬季最冷的时节,偶尔一天出太阳的时候,朝南的房间和朝北的房间根本就是两个世界，比如张渝民住的朝南的301室和马爷住的朝北的303室。

重庆的冬天，一个月会有四五天时间会出太阳，出太阳的日子，就像过节一样，大家一清早就起来，晒被子，做清洁，出门买东西，在江边闲逛。

有阳光的房间里，阴冷的湿气退去，仿佛回到了阳光灿烂的童年。但是马爷的房子晒不到太阳，哪怕是难得的那几天，303室像一个沉默的冰窖，一如马爷那张脸，藏着复杂的秘密。

这幢六层的住宅没有电梯，重庆大量六七层的多层住宅都没有电梯，现在年龄大的住户吵着要装电梯，一楼的人又不愿意，邻里之间搞得不大愉快，紧张兮兮。张渝民每天爬楼梯上下的时候都盼着最好不要碰到人，最怕对方问起对装电梯是个啥态度。

当然，自从马爷入住之后，张渝民才真正知道紧张的邻里关系到底是什么个意思。

"马先生挺安静的，不吵闹，挺好的。"这是张渝民的老婆对马爷的评价。

"不过，这些不是全部，这个人有点奇怪。物业去给他解决过一次漏水的问题，好像是卫生间的水漏到203室去了。物业的小伙子悄悄说，房子完全没有装修过，而且，他没有床，一块木板放在地上，没有家具，一张桌子、一把凳子，放在客厅的正当中，小伙子说，像一个，呵呵，审讯室……"

"审讯室"三个字肯定让张渝民的心率超过了130次/分，

血氧估计降到 90% 以下。

老婆说:"要不是马先生人好,确实有点可疑。"

张渝民说:"人好不好,你看了几眼就晓得?"

老婆说:"嗯,我嫁给你之前,只见了你一面就知道你是个好人。"

张渝民心里想:马先生要是突然变成另一张脸,天他妈就得塌。

不跑船的时间,张渝民每天的时间安排都比较自由,有时候去公司溜达一圈,有时候去买点小菜回来研发新菜品,周末,当然是钓鱼。

小区的停车场在北边,对着马爷他们那一溜冰冷的房子。每一天上午出门的时候,无论早高峰还是接近中午,张渝民一抬头,303 室的阳台正好对着他的车位。

每一天,马爷都站在那里。

手里叼着烟。

盯着他。

没有一天缺席。

2

整个 6 月,张渝民都在岸上。事实上,他宁愿自己去跑船,让老婆去父母家住一段。女儿在大学里。这样他每天都可以睡得比较踏实。

因为对门那个沉默的、冷漠的、存在无穷无尽的不确定性的人。

当然，张渝民也有一个避风的港湾，云霄山的那片池塘。

云霄山的这片池塘，离张渝民的家大约30千米。好多年以前，张渝民刚刚爱上钓鱼的时候，嘈杂的钓鱼环境是个特别大的问题。重庆钓鱼的地方多，但是钓鱼的人也多，在家附近的江边和几个农民收费的鱼塘旁边，钓鱼佬就像国家开"两会"时堵在代表委员通道的记者那么多。

有一年去云霄山玩，为了找个小便的地方，张渝民一个人跑到了山坳里，正值初夏时节，清风吹拂着黄葛树的树冠，茂密的翠叶就像丝绸一样柔和而富有光泽。

就在绿树青风的环绕之中，是一个神秘的池塘，不算很大，直径大约二十米，但是感觉很深，"如临深渊"的"渊"那种深。在看得见的几米深的地方，游过来一条鱼，那条鱼几乎有半个张渝民那么长，也许有几十斤重，在池塘深处的水里嗖地游了过去，然后变成一团阴影，消失在池塘那一头更深的水里。

这可不是嘉陵江里子虚乌有的大鱼，这是真的大鱼，巨大的鱼鳞像伪装在战车上的利剑，层层叠叠，张渝民惊讶地呆在原地，深呼吸，潮湿的风夹杂着鱼腥气，这不是梦。这口池塘里尽是他妈的大鱼。可能是鲤鱼，也有可能是鳊鱼或草鱼，但鲤鱼的可能性大一点。毫无疑问，这是一个被人遗忘的池塘，也许，已经遗忘了几十年了，会不会有100年，张渝民琢磨，100年过去了，那些鱼儿长大了，体形大得骇人听闻。

这个世界上，除了张渝民之外，没有人知道它们的存在。

那个初夏的傍晚之后，张渝民找到了他的朝圣之地。

尽管池塘离云霄山的停车场也只有两三里地，但是，确实没有人知道这里，这一片深渊都是他的，这些远古的大鱼都是他的，他每次在池塘边坐下，整个人就安静了。大约，他的第一任务并不是来钓鱼，他是来放空的，来冥想的，来与某种灵性的东西对话的。

所以，每次钓到小鱼，张渝民就带回家，钓到所有的大鱼，全部都放回池塘里。第二次来的时候，他还要仔细检查一遍，有没有受伤的鱼在水面求救之类。

张渝民拥有这个池塘之后，感觉自己在所有的钓鱼佬里面，无疑是最幸运的那个，什么财富自由，"去你妈的蛋"，我终于大鱼自由了，而且，无疑，还是一位隐形富豪。

千禧年6月的一个下午，初夏的天气好得不得了，张渝民在池塘边坐了快大半天了，钓了十几条鲫鱼，准备回家烧汤和油炸，愉快和享受的一天。

整理东西准备下山的时候，池塘对岸竟然走来一个中等个头的男人，全套钓鱼装备，泰然自若地在张渝民的"领地"坐了下来。

男子把蚱蜢活生生地穿在鱼钩上，蚱蜢在水中还在挣扎，有效地吸引了大鱼的注意。很快，一条大约有十几斤的鲤鱼被拖出了水面，一番激烈的搏斗，大鱼被装进了水边的篮子里。

"马爷!"近距离的直接对话终于开始了,"我们大鱼都是放生的。"

长时间的沉默。

马爷正眼都没瞧一下张渝民。

"马爷,大鱼有灵性,我们都放生的。"

没有任何回答,水面的浮漂在跳舞,又一条,更大。

又一场搏斗,如果对方不是马爷,简直就是张渝民读过的《老人与海》的现场版。

"马爷,这样搞,这个地方就不好玩了。"

马爷的篮子太小了,看来准备并不充分。

"马爷,这鱼的样子,不是拿来吃的,肯定也不好吃。我相信你也不是专门来钓鱼的。"

马爷深邃的眼神又扫了他一眼。

张渝民突然想到,此时不捅破窗户纸,还要等到何时?

"马爷,马小冬的事,该过去就过去吧,我们都还不老,总得好好活下去吧。"

马爷扔掉了鱼竿,有鱼在咬钩,把鱼竿拖进水里,忽上忽下,穿梭不停。他站起来,搓了搓一手的泥:

"我们打一场吧,马小冬的事搞不好就过去了。"

张渝民说:"马爷,我不跟你打,我早就不玩这些了,我们总不能用错误的办法解决错误的问题吧。"

马爷似乎没有听到他说什么,拳头就打了过来,实话实说,四十好几的人，拳头还是很硬。张渝民猝不及防，觉得腮帮子已经断了，然后是左侧肋部挨了一下，打得他不停地咳嗽，透不过气来。

有那么一瞬，那个朝他吐痰的马小冬又出现在面前。

张渝民有技巧，还有肌肉记忆，总之马爷很快就被撂倒在地上，但是他总是立即站起来，回报张渝民两记重拳。张渝民算是看明白了，这孙子，你摔一天也摔不死他。

最后一次，马爷准备从草地上爬起来的时候，张渝民一个中距离的侧蹿腿，咣当一声，马爷掉进了神秘的深渊里。

张渝民说："×你妈，清醒清醒吧！"

马爷在水里扑腾着，壮硕的肌肉若隐若现，像是池塘里最大的一条鲤鱼。张渝民站在岸边，琢磨着这家伙爬上来后估计体力也消耗得差不多了，要打也得他妈下回了。

马爷扑腾着，并没有上来，又过了一会儿，马爷的头已经在水下了，两只眼睛直勾勾地看着张渝民。

又是一个不会水的。

张渝民跳进水里的时候，发现这池塘的水很冷，不是初夏季节的温度，像是，来自地狱的温度。

他准备单手操作把马爷拖上岸的时候，马爷抱住了他，似乎是溺水的慌乱，似乎又不是。张渝民两只手都被困住了，动弹不得，两个人都沉到了水下，他在水里大声喊："放手，不要慌，我会拉你上去。"

马爷似乎什么都听不见，他的眼睛闭上了，紧紧地环抱住张渝民,一丁点都不肯松开。

张渝民什么都明白了。

他直接把马爷拽到了水下,两分钟,马爷已经晕过去了,但是张船长还活跃着,有条不紊地把马爷拖到了岸上。

五分钟后,马爷能够坐起来了,迷迷糊糊地看着张渝民。

张渝民说:"骚扰我、恐吓我、跟踪我。你想死,还他妈想拖我一起死,我的罪够得上判死刑吗?你睁开狗眼看清楚,我他妈是个坏人吗?×你妈!"

3

冬天来了,303室的主人似乎是离开过一段时间,房门紧锁。

303室的房门紧锁的一段时间,大约有半个月,张渝民休息在家,这是他彻底放松的两周,他甚至还穿着羽绒服戴着帽子去了两次云霄山的池塘,远古的大鱼仍然在水下神秘地穿梭着,池塘边只有他一个人,没有别人,那张疯狂的脸没有出现。

张渝民恨不得在池塘边修行七天七夜,完全不会觉得空虚。

不过他在休假前交给张二娃一个任务,帮忙打听一下马小冬的哥哥马爷的情况,仅仅过了两天,张二娃就让请吃火锅,汇报情况。

两个人在南滨路刚刚坐下来,张二娃就急不可耐地说:

"这个马爷,是个人物哦。"

这个结论让张渝民有点意外,朝天门这些混混,大同小异,翻不了什么大浪，当然住到他家对门这一疯狂举动除外。

张二娃问了一堆以前跟马爷一起干过活的"棒棒"，还顺藤摸瓜去了马爷现在的公司，算是把马爷查了个底儿掉，"哥，咱也得知己知彼，百战不那啥。"张二娃朝张渝民眨眨眼。

张渝民说："我怕他个锤子，我怕的人还没生出来。"

说是，马爷哥俩是从四川过来的，父母很早就过世了，马爷负责照顾马小冬，哥俩都没怎么读过书，但是感情很深。

感情深的原因，包括了一件不小的事。

刚到重庆的时候，他们被一群流氓欺负，深夜的码头上，一帮人围殴哥俩，马爷干翻了两个，其中一个从地上爬起来，掏出一把弹簧刀，马小冬不顾一切冲上去挡在马爷前面，弹簧刀扎进马小冬的前胸。

离心脏只有两三厘米，马小冬逃过一劫，马爷也逃过一劫。

从那以后，谁动马小冬，马爷就要跟谁玩命，马小冬成绩不好，但身体素质不错，进了体校，成了混世魔王。

张渝民说："大差不差，事儿就这么个事儿。"

张二娃说："哥，比你想的要复杂。"

马小冬死了之后，马爷似乎沉思了很久，也不知道他究竟悟出了什么，总而言之马爷换了一个人，马爷不再是一个好勇斗狠的人，刀架在脖子上也就唯唯诺诺几声。

但是马爷似乎永远在研究周围的世界，他不再给别人打工，而是开始认认真真、起早贪黑地做点小本生意，他开了一家餐馆，做水煮鱼，很成功，就在很多人都来搞水煮鱼的时候，马爷不做了，开了一家4S店，赚了不少钱，接着又开了好几家，积累了一些资本，马爷又开始搞房地产，五六年时间，一个朝天门的"棒棒"，飞快地变成了一个沉默的富豪。

发了财之后，有人说马爷买了江北别墅楼盘的大房子，但是马爷似乎并没有住过，马爷没有司机，也没有车，所以没有人知道他到底住在哪里。公司业务走上正轨之后，马爷基本通过电话沟通，很少到公司，他的口头禅，"开啥子鸡巴会，我指示，你执行，就可以了"。

总之，马爷起早贪黑地发达了之后，他没有上电视去做节目，也没有搞女人，马爷事实上是，消失了。

张渝民说："没有消失。"

张二娃说："哥，我就是打个比方，马爷现在很低调，人畜无害。"

张渝民说："啥时候轮到你龟儿子教育我了。"

张二娃说："哪儿敢，哥，我知道你让我打听的目的，我是希望你放宽心。"

张渝民说："我掐指一算就知道他在哪里。"

又一个冬天的晚上，张渝民请刘医生吃火锅。

"刘医生，"他说，"我今天要说的事谁都没有讲过，事实上连我老婆也没讲过，但我很信任你，特别想得到你的指点。"

刘医生说："听上去是要跟我搞婚外恋吗？"

张渝民说:"这事比婚外恋严重多了。"

刘医生说:"那就必须是叫马小冬的年轻人的事。"

张渝民惊讶得合不拢嘴。

刘医生说:"我们就交集过这一件事,你装得很惊讶干吗?"

张渝民说:"我×,他哥,那个叫马爷的,不说不笑的疯子,搬到我家对面,住了有一年了。你知道吗,我家对面,是只隔了四五米的对面,我301室,他303室。"

这回轮到刘医生有点懵,一块熟毛肚挂在美女医生的嘴边,半天没咽下去。

张渝民说:"这家伙一个人。不仅搬到我的对面住,还天天在阳台上盯着我,又跟踪我,我在他眼里就是个透明人。"

"最可怕的一次,"张渝民环顾了四周,"他他妈拽着我准备一起跳湖自沉,同归于尽,我×,这个傻×,疯了,竟然指望淹死一个船长。"

刘医生嚼了半天才把毛肚吞下去:"这………你想过报警吗?"

张渝民说:"当然想过,不过这家伙精得很,都是些扯不清楚的烂事儿,找警察有啥用,唯一掉水里的那次,还是我把他踹下水的,警察来了我他妈倒有事。"

张渝民气急败坏口吐芬芳输出了半天,刘医生本来还想要一盘毛肚的,被他弄得没了胃口。

"话说,张船长,我是个神经外科医生,不是精神科医生,这事儿我也讲不出个所以然,如果他把你头砍破了送到医院来,我才能帮上忙。"

张渝民说:"嘿格老子,为啥子不是我砍了他的头,你小看张船长了。"

刘医生说:"我只有一个忠告,搬家。"

张渝民说:"搬家?你以为他找不到我?这孙子疯得很!"

刘医生说:"上次是毫无防备,这次是谨小慎微,祝张船长人间蒸发。"

张渝民说:"这事儿我要仔细考虑一下,我再给你加份鸭血吧。"

刘医生说:"保重,张船长,你是个好人,马爷这个事,确实不简单,知道我想到了什么吗?想起了我们上医科大学时读过的加缪写的话,现在网上嘿流行。"

刘医生说,叫"他的沉默轰然震耳"。

4

张渝民在搬家问题上犹豫不决,首先不知道如何跟老婆解释,迄今为止,老婆除了觉得对门有点神神秘秘以外,也没有觉得什么特别不好。另外,找房子也需要一些时间。

张渝民不跑船的时候,一直偷偷叫个拓儿车到处看房子,不看不知道,现在好房子多得很,比他那个小破窝强多了,更何况还要跟疯子生活在一起。

就在他准备跟老婆提换房建议的时候,发生了一件事,间接促成他达到目的。

大约是半年后的秋天的一个晚上，张渝民看完房去吃了碗面，回家的时候已经8点多了。从出租车上下来，先点了根烟，快走到他家这个单元的门洞时，大约，还有三四米距离，一团黑影从天而降，撞击在水泥地上，发出沉闷、沉重、撕心裂肺的一声巨响。

是一个人的身体。

一个从楼上飞下的人。

一个老年男人。

高坠的身体像青蛙一样趴在地上，头冲着张渝民，门洞的白炽灯直射着这具身体，周围是一片漆黑，仿佛话剧舞台上正在独白的那个人。他的眼珠子滴溜溜转了半圈，不动了。血慢慢渗出来，暮色之下，血是黑色的，满地都是，静静流淌，一直流到张渝民的脚边。

张渝民只发出了一声惊呼："啊！"

便再也迈不动脚步。

人群从远处慢慢聚拢来，发现是601室的30多岁夫妻的父亲，两个月前刚从农村来。

一些人喊着打120，另一些人吵着说120已经没有用了，应该打殡仪馆的电话，当中还有人喊着打110，一直混乱到601室的夫妻冲下来。

又是两声惊呼和惨叫。

张渝民叼着烟，捧着头，蹲在墙角听人群说话，以及夫妻俩的高声哭诉，大脑里面一团乱麻。

他反复回忆了之前那零点几秒，如果他没有点根烟，那么，他就跟着601室的爹一起走了。

又或者，这个门洞上掉下任何东西，一个花盆、一个酒瓶、一台废弃的黑白电视机……

谁他妈知道呢，只需要零点一秒，张渝民就会像一只青蛙一样，趴在地上，耳边传来众人的喧哗，往日像电影一样过一遍，救护车，或者殡仪馆的车，或者闪着奇怪的灯光的警车，呼啸而来。

张渝民把烟屁股踩在脚下，慢慢往家走。

抬起头，马爷站在阳台上，把烟屁股掐在烟缸里，盯着他。

601室这个男主人的父亲，是个地地道道的农民，60多岁，是个很好的人，两个月前来儿子家的时候，带了好多东西，包括叽叽喳喳大呼小叫的活鸡活鸭。唯一不好的是，老人脸色很差，颤颤巍巍。

后来张渝民老婆讲，601室的老人家得了肾病，非常严重，每周要去旁边的三甲医院做两次透析。

老人住在儿子家里，很快就连走路都成了问题，每次透析都需要儿子把他从六楼背下去，再坐轮椅，回来再把他背上楼。儿子家有一儿一女，大的小学，小的幼儿园，自从生了重病的父亲到来之后，家里的天就塌了。

年轻的夫妻要照顾两个孩子,再加上父亲,不太具有可持续性,和医院商量后,准备让父亲住院治疗,省得来回跑,不过农村人没有什么医保,基本都得自费,总之是儿子出钱,一笔不小的钱。

出事的那天晚上,小夫妻俩和父亲商量好之后,总算也松了口气,花钱总归比体力不支好一点,而且短期内他们还能承受,以后再一步步看。

父亲答应了。8点左右,趁着夫妻俩一个洗澡一个辅导功课的间隙,手脚并用来到了这幢楼的天台,然后,据说,没有任何犹豫便直接扑下去。

老人似乎对六楼的高度尚有怀疑,来到了能够找到的极限高度。

农村老人坠楼后没几天,601室的夫妻早上送小孩去上学,正好走在张渝民夫妻的前面,两个小孩蹦蹦跳跳,非常可爱,夫妻俩笑逐颜开,轻松愉快。

张渝民老婆说:"这老人才走几天,也不戴个白花黑纱啥的?"

张渝民说:"免了吧,要我说,老人做了最正确的选择,只不过一般人没有这种勇气而已。"

"你知道吗?"张渝民对老婆说,"老头子直接掉在我面前,相距三米左右,我要是走快两步,我俩就只好梦中相见了。"

老婆说:"呸呸呸,老天有眼,必有后福。"

张渝民说:"这个小区,我不想再住了。"

5

从卖房到买房，装修，通风，到最后入住的时候，已经是2004年的秋天了。

新房子是联排别墅，环境优美，性价比很高，五户联排，每户都有个小园子。张渝民最高兴的是，他住进去的时候，其余四户都已经住进去了，这回，303室的傻冒至少不能睡在他的卧榻之侧了。

更绝的是，303室的主人又出去了一段时间，看上去，他的生意并不那么好做，至少，没有那么悠闲了。

张渝民发现阳台上已经连续三天没有人盯着他的时候，决定第二天就搬家。

搬家的那天，两个人累瘫，一直收拾到凌晨才洗好澡躺下来，事实上老婆都没等他洗完澡就睡着了。

张渝民走到小园子里抽烟。户外空气很好，偶尔还有两颗星星在夜空中眨着眼。一丝狡黠的笑容出现在张渝民的嘴角。303的龟儿子，回到家突然发现301室已经人去楼空，百分百气到上蹿下跳。

张渝民越想越可乐，干脆决定一不做二不休，明天开始，开车去公司停在两千米外，然后走路去上班，神秘的池塘暂时不去了，马爷，拜拜了您嘞。

第二天周末，夫妻俩在小区里逛了逛，楼盘很大，几乎占据了大半座山，小区有自己的小菜场，有自己的健身中心，甚至还有一个小托班，设施非常完善。

老婆说："真不错，你也去健健身吧，50岁的人了。"

张渝民说："我就不去了，我去了搞得别人自卑。"

老婆说："有病！"

张渝民的老婆确实是个疑神疑鬼的人，她说："讲起来，我们都没有和对面的邻居打个招呼道个别就搬走了。不过也算了，马先生总归有点说不清楚，像是很早就认识我们，又装作不认识一样。"

张渝民说："陌生的怪人，总之离他远点好。"

老婆说："上个月你不在的时候，有一天我出门忘记了带钥匙，回家的时候才发现。打电话给开锁的那个钱师傅，说是去成都旅游了，你看手里有个瓷器活日子就是好过，我说那怎么办啊？等了快10分钟，对门的马先生回家，他搞清楚状况后，感觉犹豫了很久，说，呃，其实，我是会开锁的，但是，其实我这么干可能是犯法的。我一听急了，我同意你开的，有什么问题，我找钱师傅来还不是一样，他也没得啥子执照。

"马先生回房间拿了两个小工具，一共几秒钟，锁就打开了。门打开的一瞬间，我有点蒙，有点晕。这，就是说，马先生可以随时打开我们家的门，甚至，任何一家的门。"

张渝民吃了一惊："还有这事儿，你也不告诉我。"

老婆说："这不，忙着忙着就忘了。那天我还请马先生进屋喝杯茶,他犹豫了一下,说,好的,需要脱鞋吗?我说不用了。他进来后就站在客厅那个书架前面,基本上一动不动,经过我同意后抽出了一本小书,翻了半天,好像他很喜欢似的。"

张渝民:"啥子书?我们家一共没得几本书。"

老婆说:"一本很旧的书,你不是说是大学生在船上打牌输给你的?"

张渝民说:"哦,哦,他还看书?"

老婆说:"感觉看得可认真了,你也觉得马先生怪怪的不?"

张渝民说:"嗯,他可能有病,但是我没药。"

6

平静而美好的生活持续了好几年。女儿大学毕业选择了留校工作,收入一般般,但是,胜在有两个假期,其他工作可没这么好的福利,谈了个男朋友,上海人,也是大学老师,副教授,很宠女儿,张渝民夫妻甚是欣慰,觉得,革命已经成功一大半了。

2009年初夏,张渝民休息在家,老婆陪丈人丈母娘去了新疆旅游。

这个季节,对于钓鱼佬来说,总是特别地诱人,温度正正好,天气也不算特别地晴朗,雾蒙蒙湿漉漉的,天气过于晴朗钓不到鱼。坐在水边,一件衬衫即可,几乎也没有蚊虫叮咬,舒适度五颗星。

张渝民在小区后面的山上挖了一些红蚯蚓，暗红色的身体，粗大饱胀，是鱼儿的最爱，张渝民把它们放在青苔里保持活力，如果你把它们简单养在土里，它们会死掉的。

接下来，他要去那个差不多四年多没有去过的地方了。

张渝民边开车边琢磨，不知道马爷去过没有，相信肯定是去过的，看得出来马爷会钓鱼，但是没有那么热爱钓鱼。马爷一个人去那里坐着干吗呢？如果他不是那么喜欢钓鱼的话。他在等张渝民，他等张渝民干吗呢？杀了他报仇，不大像，跟他大吵一架，更不是。同归于尽的事儿好像也已经过去了，张渝民在三单元的门洞下往上看时，就知道马爷有一万个可能和他同归于尽，然而，并没有。

这些问题，在几年前张渝民神经高度紧张的时候，他连触碰一下都没勇气，几年过去了，他终于有胆量沉静下来琢磨一下马爷的心理。

以及，"我的寂寞像一条蛇……"

没有了马小冬，马爷百分之百变成了一个寂寞的人。

在云霄山的停车场停好车，张渝民沿着老路翻过两三百米高的荒无人烟的山坡，然后再往下走10分钟的小路就到了，但是，当他爬到山坡顶上的时候，被眼前的一切震惊了。

山坳里两三千米，差不多都推平了，变成了一个巨大的工地，挖掘机们快乐地工作着，扬起的灰尘遮云蔽日，运送泥土黄沙的卡车不断进进出出。看得出来，这是一个规模不小的房地产项目。

张渝民站在山坡顶上,像是一个19世纪的将军拿着单筒望远镜观察山下的战场,山下是21世纪的两军对垒,把他无情地抛弃在观景台上。

张渝民鬼使神差地奔向池塘的方向,池塘没有了,填平了,旁边的大树没有了,娇艳的玫瑰花儿也没有了,一切的一切,都消失了。

两个建筑工人忙碌着,张渝民发了两根烟,问:

"师傅,这儿以前不是一个池塘吗?"

年纪大的没时间搭理他,说:"我们来的时候就这样子。不晓得啥子池塘。"

张渝民说:"一个不小的池塘呢,很深的。"

年纪轻的好像想起来什么:"他们是说有个什么水塘,好像进来就抽干水再填埋起来的。"

张渝民说:"那些鱼呢?很大的鱼。"

两个人都没再搭理他,忙着干活去了,一会儿就消失在尘土里。

张渝民仔细回味了一遍,嗯,这他妈真是个蠢问题,鱼,谁会关心鱼?多大的鱼?有灵性的鱼?远古的鱼?像某种邪教的疯话⋯⋯

回家吧。

在停车场,有个中年男人在一辆商务车里抽烟,很远就看见了张渝民,他兴奋地挥手,嘴里喷着浓烟。

"张船长,我本来以为你已经死了。"马爷耀武扬威地继续喷着烟,"但是你的那些大鱼确实已经死了,或者已经进了什么人的肚子里了。"

张渝民说:"马爷,别来无恙。"

马爷说:"你看,老朋友搬走连个招呼都不打,不够意思。另外,今天正好纠正你一个说法,我没有跟踪你,这块地我好多年前就拿下来的,不过一直没钱开发,我们第一次在这里,只能算偶遇。当中我的公司差点做垮了,熬了几年才缓过劲儿来。现在,这块地要建成一个别墅楼盘,不是联排,全部都是独幢的。"

马爷兴致勃勃地看着张船长。

"联排别墅"再次击中了张渝民,他不自觉地怒火中烧。

张渝民说:"马爷,几年不见,你还是这么阴不阴阳不阳的,太没意思了。我送你一句话,你这个楼盘,要出大问题,你动了要命的东西。"

马爷把烟屁股从车里弹出来:

"张船长,玩命的事,我一直干,没得问题。"

7

21世纪第一个10年就要结束了,上海正在举办世博会。

张渝民的女儿要在上海举行婚礼,2010年,也是张渝民夫妻结婚30年的纪念，书上说是叫珍珠婚。毫无疑问，双喜临门。

事实上，在张渝民内心里，应该是三喜临门。因为有人告诉他，马爷的云霄山项目，停了，感觉是烂尾了，至于具体什么原因，不清楚，但是没钱了一定是核心原因。

那个神秘的池塘是不是原因之一，张渝民想，信就有呗。

2010年秋天，张渝民夫妻的上海之行，选择了去程坐船，回程坐飞机。

老婆是头一回坐上船长老公的船，发现张渝民在船上就像军队的司令一样，说一不二，泰然自若，很为他骄傲。

浪漫的长江之行的最后一晚，船员们把顶楼空着的总统套房布置好，算是为张渝民夫妻庆祝珍珠婚，张船长半推半就，利用了一次特权。

那个晚上，在套房的露台上，张渝民告诉了老婆一个秘密，一个困扰他很多年的秘密。

仿佛2014年的春天，在同一个露台上他告诉我和张二娃的一样，讲完所有的细节，张渝民才算得上真正释怀了。

张渝民老婆似乎并没有太震惊，什么事发生在这位马先生身上，她大约都不会觉得特别惊奇，"只是，我完全不相信他会对我们采取什么报复行为，但是，他肯定有一段长时间的迷失。我想，他有一个很重要的目的，就是判断你是个什么样的人，然后再给你'定罪'"。

张二娃说："张哥说掐指就能知道马爷在哪里，我就猜你们肯定过了招，但是你不说，我也不敢问。不过，说实话，马爷本来过着苦行僧的生活，特别是马小冬走了以后，我觉得他可以无欲无求的，如果他放得下的话。结果，他去做生意，看起来越做越大，要我说，如果成功当然是低调富豪，如果稍有不慎，就会万劫不复，房地产这种盘子，没点见识和资源，光靠胆子大，不牢靠。"

我头一回听这个故事，觉得入了迷，抛开马小冬的悲剧不说，张渝民和马爷都是游荡在我身边的，那种特别有男人味的人。我一想到他俩都读到冯至的诗《蛇》，并且都有所触动，就觉得很新奇，因为我是在大学二年级失恋的时候喜欢上这首诗的，可能，每个人都在其中读到了自己的寂寞。

张渝民告诉我们，1988年那场比赛，他后来拼命去回忆其中的细节，确实已经记不太清楚了。那个叫马小冬的孩子并不是省油的灯，几次踢到张渝民的要害部位，反复犯规，反复骚扰，脏话不断，裁判根本就是在和稀泥。张渝民第一次摔倒他的时候，确实用尽全力，重创了他，马小冬晃晃悠悠爬起来的时候，张渝民没有犹豫，第二次把他摔倒。

马小冬晕过去了，张渝民发现不对劲，立即把他的头扶起来，靠着自己的腿，托着他的颈椎，救护车和医生一刻钟左右才到，其间张渝民急到浑身冒汗，声嘶力竭地喊他，坚持住坚持住！

马爷就在旁边，没有任何细节逃得过他的眼睛。

2010年的那个秋天，张渝民在长江上漂流的时候，马爷在云霄山枯坐着,不久以前,他的面前是一个池塘,然后,是一片工地,接着,是一片废弃的工地,一片废墟。

天色晚了,太阳下山了,洒下一片缤纷的彩霞,蓝一抹红一抹的,深浅不一,清风如语、干爽宜人的秋夜来临了。

多少年来,马爷第一次为自己流下了眼泪。

"从前,"他想说,"从前我心里总有那么股劲儿,可如今没有了,其实我也哭不出来,因为某些东西永远也不会再回来了。"

彩霞也已经散尽,只留下亘古不变的灰色的天穹。马爷的人生,即便有过什么辛酸,也都留在年轻、贫穷,但是快乐的岁月里了,留在后马小冬时期寂寞、无助、疯狂挣扎的世界里了。

第四部
2018年的航行

1

2017年春天，我刚从体制内出来投身创业浪潮，那是激情燃烧的季节，也是信心满满的时节，当然，好多年后回头看，那也应该是疑虑重重的时节，是危机四伏的时节。季节已经立春了，但是仍然春寒料峭。正是希望的春天，也是绝望的冬天。

2017年的1月，退休两年的张渝民，确诊小细胞肺癌，62岁，所有的后半生的规划，那些等待了漫长的岁月的旅途，立即烟消云散。

2017年的春节后，我和张二娃一起去看张渝民，船长瘦了好多好多，从一个160斤的非常健硕的人变成了120斤不到的憔悴的瘦子。

"我每年都体检的，今年就晚了几个月，算起来一年半吧，就搞出来这个事儿。你们晓得不，刚开始医生只是把确诊的结果告诉了我老婆，让她决定要不要让我知道，我老婆说，我啥子事情都要和老张商量的，他最后拿主意，现在这么大的事，得要他拿主意才行，我没得这么强的心理承受力。医生说，那不是就告诉他了，你啷个说话语无伦次的，我老婆说，我语无伦次只是早期症状,接下来的症状我想都不敢想。"

我和张二娃面面相觑。

张渝民说:"不好笑嗦,是不大好笑,冷飕飕的。"

张渝民说:"那大学生讲一个好笑的,让老子乐一乐,每天这么闷着可能死得更快。说起来,我记得你一直劝我少抽点烟,简直是先知啊,你是不是早就看出来我不对劲,但是恨我赢了你的烟和书不肯告诉我。"

我说:"我戒了半年的烟,现在又抽上了。大学里学到的最重要的学问就是知行不合一。"

张渝民笑起来:"到底是大学生,总结得好。唉,生死有命啊。问你们一个问题,你们相信有灵魂和来世不?"

我和张二娃继续面面相觑,我琢磨了半天才说:"船长,你知道我这个人,讲不来假话,我觉得没得啥子灵魂来世,相信这些主要是给我们提供一些心理安慰,甚至用于辅助具体的治疗。所以,要我说的话,我很愿意信其有,很不愿意信其无。"

张渝民听上去不同意,而且很焦躁,说:"世界上有很多人都相信有上帝,我一生病,就有病友和我聊了很多关于上帝的话题,你晓得我这个人也不是轻易就相信啥的,但是我想这么多人都信了几千年,总是有道理的。"

我说:"几千年都没找到个明确答案,说明这些都不是科学,是伪科学。"

张二娃突然愤怒地转向我:"大学生,你他妈智商情商都很低。"

张渝民说:"不要紧,我们就是探讨,我想的恰恰相反,几千年后人们还在探索,说明也许有不同的答案,有很多种可能,比如说,上帝只向某些人展示轮回,让他们的灵魂进入周而复始的时空中,而对另一些人,他们的灵魂就和身体一起,永远消失了。"

从张渝民家出来,他老婆一直把我们送到小区门口,她说:"现在医生要会诊,拿一个最终的方案出来,不过,总的来说不乐观,唯一的,算是有利的一点,是张渝民身体底子不错,但愿对接下来的治疗能够更配合一些,效果更好一些。医生说上海有更好的治疗方案,是用最先进的技术,重离子什么的,但是医生也不是很清楚能不能治疗老张这毛病,而且,提醒我,要准备好一两百万元。"

我说:"要这么多?我确实也不是很清楚,但我可以帮忙打听的。"

张渝民老婆说:"不要说一两百万元,老张说,只要是医保不覆盖的,他一概不接受,更不要说什么倾家荡产去治这种治不好的病,死人拖累活人。"

我说:"嫂子,我们今天和老张聊了一些他喜欢的话题,我就如实和您说一下,我觉得他其实突然面对这件事还是挺不容易的,有很多的不甘心,然后希望通过某些精神层面的东西,跟自己达成某种和解,或者说,自己说服自己。我觉得我特别能理解,我想如果老张能够对生死有一些全新的理解和领悟,可能对他接下来的治疗也是有帮助的。"

嫂子说:"你到底在说啥子?"

我说:"很多年以前,我去过云南香格里拉的一个寺庙,我觉得蛮灵验的,这种事情,信则有,对不。反正离手术什么的还有几天,如果您同意,我们后天一早就出发,当天晚上就能回来。"

张渝民老婆很费解地看着我:"你是对航班的时间都很清楚吗?"

我说:"是的,一清二楚。"

她说:"那大概蛮灵的。"

2

2010年的南非世界杯,我当时还在体制内的一家报社工作。世界杯开幕之前,我和一家企业谈体育报道的合作,对方提出可以做一点读者参与度高的活动,于是就有了一个竞猜最后四强排名的活动,猜中最后四强以及排序,即可获得5 000元奖金,注意,是猜中就有奖,不需要抽奖,因为,概率是几万分之一,我们的读者大约也就20万人。

那个时候,搞活动的办法还很原始,截止到比赛开始前,这个活动收到了一个房间的信,到底有多少,我也记不清了,大约有六万封吧。

比赛踢到八强的时候,突然发现,一大半读者选择的四强,全部在列,巴西、阿根廷优势明显,之外是荷兰、西班牙,如果这个排序成为最终结果的话,估计有三万人都会中奖,奖金需要

1.5亿，我们拿到的企业广告费不超过100万元。

原来从一开始，我们就忘记了上下半区的规则，很多球队是碰不到面的，概率没有那么小。以及，那一年，一直到八强，没有黑马，没有意外。

有一天晚上，我和单位里的同事讲，如果要赔1.5亿，我想我这个渎职罪大约是逃不掉的，而且，这样的决策方式，分明就是渎职，我应该投案自首。

四分之一决赛还没有开始的那几天，一个同事告诉我，与其折磨自己，不如去一个地方休息一下。

那个地方在香格里拉，叫大宝寺。

大宝寺很小，2010年的时候，还是几堵土墙，在香格里拉建塘镇红坡村的小山上。

香格里拉海拔估计在3 200米左右，红坡村的小山上，估计又加了100米，我的高原反应非常严重，爬到大宝寺门口的时候，我已经透不过气了，有那么一瞬间，我突然想不起我来这里是干吗的。

但是大宝寺很美，不是富丽堂皇的美，是原始的，飘飘欲仙的，"我在梦中肯定来过"的美。天空就在眼前，不是遥远的天空，是眼前的天空，天蓝色蒙住了我的双眼，寺庙里没有任何雕琢，没有人卖门票，没有人卖香火，没有人搭理你，只有几只散养的土鸡，踱着步，慢条斯理。

缺氧的状态下，其实我什么都没想，也没有表达我的诉求。

我只是在想，如果大宝寺一直是这样子的，我一直都会来，因为"我在梦中去过这样的地方"。

我们在大宝寺附近的酒店住下来，喝了很多的姜茶，吸了很多的氧，终于回忆起来为什么而来了。

世界杯八强进四强的比赛已经开始了，可是酒店里没有电视机，我们只能用诺基亚手机上新浪网看文字直播。第一天晚上，阿根廷竟然被德国队4∶0淘汰了，感觉我们已经不用赔很多钱了。第二天晚上，巴西队也被荷兰队2∶1淘汰了，后来在上海看回放的时候，看到斯内德顶进头球之后还反复拍打自己的脑袋，"是我干的"。第三天晚上，乌拉圭竟然闯进了四强。

2010年的世界杯最后结果：西班牙，荷兰，德国，乌拉圭。

我们那一房间的信中，竟然还有16个人准确猜中结果，当然，这已经是我们乐于接受的结局了，而报纸的零售量，竟然闪电般地增加了五万多份。

如果你觉得我写这一段是要表达大宝寺具有超能力，并不是，事实上在我后来的人生中，我去过很多次大宝寺，也眼看着昔日的土墙慢慢变得金碧辉煌，但是我人生中面临的颓势和败局，绝大多数仍然发生了。

红坡村的山下有一条小河，清澈见底，在高原的日照下泛着金光，这是我最喜欢散步的地方，后来酒店的经理拿着地图告诉我，这条小河最终汇入金沙江，流过我的故乡重庆，然后奔向大海。

如果说大宝寺有什么能力的话，就是在十多年里每年一次的缺氧之旅中，让我在大脑完全放空的状态下，有时候看见童年的自己，有时候看见将死的自己，无论是高歌猛进，还是寂寂无名，最终都会来到"我在梦中去过"的地方，最终都会相信那个结果就是应该的结果。

2017年的春天，张渝民在爬到红坡村山顶的时候已经喘不过气了，他咳嗽个不停，说：

"我看见了我死去的样子，在那条河流里。"

3

我们三个人在上午10点左右到达迪庆机场的时候，李司机来接我们。

李司机是我多年的老友，每次都来机场接我。她是中老年女司机，但是非常彪悍，经常看不起我们，说你们有康巴汉子十分之一的能耐就不错了。

我们都装着不懂："你说的是啥能耐啊？"

李司机就开心得大笑起来，摇下车窗，对着香格里拉漫山遍野的野花，用生硬的普通话高声歌唱起来：

"路边的野花啊，不采白不采……"

这一次，她很严肃地接待我们，说知道我们下午4点左右就要去机场返回，她已经请了一位活佛朋友，大约11点来和张船长聊聊天，是一位高人，很有见识，不过不需要钱的，就是很随便地聊，想聊啥都行。

然后她把注意力完全转移到张渝民身上。说，其实有两条路可以到大宝寺，一个是她可以从一条小路开车上去，另一条路则是从山下爬上去，其实不到100米高，但是对第一回到这边的人来说，爬山会很累，也可能会有点危险。不过嘛，她说，有些人信这个。

张渝民说："我早就很危险了，身体里携带着致命细胞。所以，我要爬上去。"

李司机把车停在山下的停车场，我们刚刚停好，另一辆车就停在我们旁边，因为整个停车场一共就两辆车，所以我忍不住多看了一眼：活佛从车上下来，皮肤黝黑，身材壮硕，但是面目和善。

我说："活佛也自己开车啊？"

李司机说："不然呢？"

我说："我想是不是可以腾云驾雾过来。"

李司机："一会儿搞不好会腾云驾雾的。"

我们在停车场相互介绍，对方特别关注张船长，说了解他的情况，今天有缘好好聊聊，他下午1点30分左右要走，因为朋友约了喝酒。张船长有点懵，说：这也可以呀？活佛说：没有关系的，适量喝一点，也是表达一种尊重。

然后活佛就说："你们慢慢爬山，走一走歇一歇，不要急。"

话音未落他就撒开两腿噌噌噌一分钟就上了山。

我对李司机说："还真腾云驾雾啊，这不需要氧气吗？"

李司机说："10年前就跟你说你们十分之一的能耐都不到，你们还装傻。"

我们四个人一起爬山，李司机负责照顾张渝民，我和张二娃自己照顾自己。

张渝民很喘，不停地吸氧，走两分钟停五分钟，有那么一瞬间我担心丫要是直接在这就挂了，我回去怎么跟他老婆交代。还好张渝民后半程慢慢适应了，走得快一些，半个小时后，我们终于到了大宝寺门口。

活佛在等他，两个人逛了一圈坐下来。

然后就聊了两个小时。

我和张二娃在山上逛了两大圈，天很冷，开始的时候不觉得，慢慢地，感觉冷入骨髓。张二娃反复问我山上的鸡卖吗？绝对都是散养的，你看这满山遍野，树上树下的，飞鸡啊，肉质必须没话说。

我说，要不顺两只塞箱子里带回重庆去。

张二娃说，老邱，你龟儿又拿老子开涮。

我们冷到实在吃不消了，只好又回到庙里，远远地等着张渝民。

他好像睡着了，坐在那里，沉沉地睡去了，很久很久，醒过来的时候，我们听见他说：

"我的头不疼了。"

接着他们又开始聊起来,情绪热烈,兴奋的时候大笑起来,感觉张渝民的高原反应已经没有了,谈笑自若。只有我和张二娃还在喘。

总之告别的时候,我们三个人里面,张渝民气色是最好的。

活佛把小小的铜牌送给他,神神秘秘地说:

"张船长,我们会在那条河流里再见。"

离返程还有两个小时,我们决定下山去小溪边散散步。

我说:"张船长,你刚才,是真的睡着了?"

"睡着了,很轻松,很舒服。"

张二娃说:"是你被催眠了。"

我说:"那,你们有没有聊到过生死的话题?当然,你不想说也没关系的。"

张渝民说:"都可以说的。我想,我大概没有资格转世轮回,我的灵魂也不大可能永远不灭,在不同的肉身中生死流转,但是我完全接受这个结果。"

我说:"这些都是毫无定论的话题,不用钻牛角尖。"

张渝民说:"因为我有无法推脱的罪,我摔死了马小冬。"

4

马爷的房地产生意,在21世纪的第二个10年开始之后,就已经土崩瓦解。

而且马爷和其他人不一样，别人拆东墙补西墙，马爷做事情比较清爽，不欠钱不赖账，玩儿完拉倒。

马爷基本变成了没钱没物业的人，他唯一还有一个房子，就是张渝民老房子对面的303室，手里还有点小钱，反正孤家寡人，一人吃饱，全家不愁。但是马爷不欠人钱，没有员工，也不欠人情，某种意义上，马爷没有财务自由，但是确实精神自由了。

所以，有一天马爷去朝天门吃两块钱的豆花饭，几个"棒棒"说，这不是马爷吗？啷个来吃豆花饭啰？看来马爷是真垮了。

"棒棒"说："马爷，豆花饭好吃不？"

马爷说："没得啥子东西比它更好吃。"

"棒棒"说："马爷，兄弟伙都关心你，还愉快不？"

马爷说："从来没有恁个愉快过。"

红光满面的马爷看起来讲的是真话，"棒棒"们也放心了。

马爷的愉快是真的，马爷小张渝民两岁，2017年已经60岁了，以前有些事情放不下，是因为马小冬，马爷做了一些比较极端的事，但是有一点，他似乎始终无法给张渝民"定罪"，这个张船长，无论如何看都不是个坏人。所以，马爷在自己60岁生日的时候，做了一个最重要的决定。

他原谅了张渝民。

至于生意上的失败，对马爷来说几乎不是一件事儿，刚垮的时候还有点郁闷，男人好面子，偷偷抹了两滴"男人哭吧哭吧不是罪"之后，突然反应过来，别人是输不起、不能输，我他妈有啥输不起的，上没老下没小，连个女人都没有。

为什么不能享受一下这样优哉游哉的生活呢？

这两个重大决定做完之后，马爷重生了。

小区里业主们运动的区域，突然出现了马爷的身影，尽管不是每天来，但是他偶尔走到单杠下面，短袖一脱，一身的腱子肉，先是10个引体向上，然后是几个花活儿，蝴蝶般上下翻飞，旁边一群广场舞阿姨都惊呆了，广场舞大叔则露出羡慕嫉妒恨的表情，马爷玩个一刻钟就扬长而去。

"一帮老娘们，"马爷叼上根烟，"爷就是要找怕是也得找个年纪轻点的，老了好有个人照料照料，不过年轻的都喜欢嫁有钱人，爷现在已经没钱了。不过，要说真冲着钱嫁我，爷还不一定肯呢。"

马爷就这样愉快地把自己当阿Q了。

马爷本来以为，愉快的生活就一直这么美好下去了。

不过，他忘了一件事，关于一笔不干净的钱。

好多年前，也许有快10年了吧，马爷的公司拿地的时候，一个副厅级的何领导，跟他在卡拉OK的包房里聊天，提醒马爷不要忘了自己的贡献，马爷点头称是。何领导说："我们兄弟之间还是爽快点，弯弯绕绕的话就免了，我呢，心不黑，要500万元，对这个项目来说都是小钱。"

马爷没说给也没说不给，回答说"知道了"。

何领导说:"你爽快我也爽快,这周给我300万现金,还有200万事成之后给我。"

300万元准时交给了何领导,后面的钱,马爷的公司垮了,默认这笔交易不存在了。但是何领导不这么认为,地也拿了,至于马爷后续做垮了,那是他自己的事情,而且何领导已经在正厅的岗位上干了几年,有了一个说一不二的毛病。

夏天的傍晚马爷在小区附近的火锅店吃毛肚,号称是鲜毛肚,每天现杀的,确实好吃。重庆火锅这个九宫格,有个最重要的特点,就是要一个人吃,不要在火锅桌上应酬,毛肚的"七上八下",要认真数,时间多两秒,老了,少两秒,太嫩了,囫囵吞下,很不卫生。在火锅桌上谈生意的,生意没谈好,毛肚也被糟蹋了。

马爷隔三岔五坐在角落的老位置,两盘鲜毛肚,一盘豌豆尖,一碗米饭。

老板娘说:"马爷,就数你最享受!上周在包间里面,一个年轻娃儿为了做成一个小生意喝死怵了,好造孽哟。"

马爷说:"现在年轻人不容易,也有他们的难处。"

老板娘去忙了。冷不丁坐下来一个年轻人。板寸头,右臂还纹了个东西。

马爷有个厉害的习惯,一有奇怪的人和事,总是先不动声色把口袋里手机录音打开来。然后,才磨磨蹭蹭抬起头。

马爷说:"我让你坐了吗?"

板寸说:"马总,你欠何大哥的 200 万元该还了,利息都不算你,够仁义了。"

马爷说:"共产党的干部,找你妈个黑社会跑腿,你们就不怕我去举报你们。"

板寸说:"你欠的是何大哥私人的钱。欠债还钱,天经地义,而且,小弟我还要提醒你一句,千万不要惹你惹不起的人。"

如果马小冬还活着,还屁颠屁颠地跟着他,马爷一定会掂掂这句话的分量,又如果马爷的企业还半死不活着,马爷同样会默默承受。可惜的是,现在这两样都不存在了。

他非常靠近板寸说:"我不是不给何领导钱,我也有我的难处,你听我讲……"

板寸把耳朵凑得很近,猛地一下,板寸的头被摁在了锅里,脸朝下,火锅沸腾着,小半张脸被烫进锅里,一声剧烈的惨叫。

马爷松开手,板寸坐直了,哭叫着,用水胡乱浇着脸。

马爷说:"需不需要我帮你叫警察?"

板寸说:"姓马的,你死定了。"

5

事情的发展看下来,"黑社会"在马爷面前非常弱势,让人唏嘘。

因为,"黑社会"也不是完全不考虑后果,本质上是做生意。

但是马爷完全不考虑后果,马爷放飞自我。

火锅店的老板娘说:"马爷,那些人不好搞,你下手的时候考虑一下后果哦。"

马爷说:"后果?后果不是让对方考虑吗?"

8月最热的一个晚上,马爷旁边的大桌子来了五六个人,一人就点碗冰粉,然后认真地看着他,一言不发。

马爷说:"拍电影嗦?"

对方还是不说话,马爷从座位下面拿出来一个亮闪闪的东西,说:

"给你们看个老物件。这是一把尖刀,我年轻时混社会用的,你们看,锋利不?属于一刀一个那种。上面我还专门让刻了一个字,你们看,有点糊了,叫啥子?叫,'死'。如果你怕死,就绝对不要惹不怕死的。"

几个"拍电影"的文身男尴尬地坐着,又抽了一会儿烟,一个年轻点的就站起来说:

"我先走了。"

领头的大声批评道:"干啥子,老子还没有说话呢。"

年轻的说:"那就别说了,我们都是混口饭吃,不是来玩命的,怕死又不丢人,识时务者为俊杰。"

说完就走了,一伙人犹豫了几分钟,沉默着全走了。

马爷继续吃毛肚,老板娘拍着胸口说:"马爷,我说句不尊重的话,我们小店,经不起折腾的,你就帮我考虑一下后果吧。"

马爷说："下不为例。"

但是马爷话说早了。

秋天就要入冬的晚上，就在这个火锅店，进来两个穿戴正常、严肃的人，要求马爷跟他们走一趟，并且出示了工作证。

马爷说，没问题，可不可以去家里取点东西？

来人说："取什么？"

马爷说："录音。"

来人说："很好。"

后面的事情看起来，正厅级的何领导才是最不考虑后果的那个人，马爷这种玩刀的都是小角色。何领导被查后，据说涉及的金额有几个亿，关键是他一进去就交代，各种花式交代，立功心切，目标大约是求个从宽处理，保下一条小命。有时候以至于办案人员也不得不提醒他，拣重点的说，不用什么都讲。

另外，办案人员有时候会认真地劝说：

"老何，你态度可以，今天就到这里吧，大家都辛苦了。"

老何说："不辛苦，让我再想想……"

对方说："休息吧，我们也累了。"

总而言之，老何和盘托出，毫无保留，不吃不睡，几天白头。

马爷和他那点事，当然也得去说清楚。

但是马爷确实也不是省油的灯，他与何领导的关键几次打交道，全程都有录音。

这些录音证明了一个方向性的问题，马爷并不是何领导所说，金钱开道，拉他们下水，蚕食国有资产。马爷甚至没有主动行贿，是被索贿的，在利益诱惑以及恐吓和暴力背景下。

尽管最终没有什么大的问题，马爷仍然在里面待了三个月，头发也白了不少。他出来的时候，2017年的冬天已经来临，黄葛树只剩下枯枝，天气阴冷，偶尔才有星星点点的太阳光透过枝丫投射下来，软弱无力，没精打采。从朝天门到南滨路，感觉没有什么人，一点儿都不像快要过年的样子。

马爷住的303室，完全是一个冰窖，他一秒钟都不想多待。

火锅店还开着，马爷探头进去的时候，老板娘激动得抹了一把眼泪：

"马爷，他们都说，你进去了，跟那个何厅长一起，要判死刑。"

马爷说："死刑也要把两盘毛肚吃了，死而无憾。"

火锅沸腾了，鲜毛肚端上来了，马爷突然觉得：

"饿死我了！"

马爷静静地吃了一个小时，细嚼慢咽，又加了鸭血、鳝鱼，最后终于觉得饱了，活过来了，三个多月前那些希望自己好好活着的多巴胺又开始分泌了。"民以食为天"讲得真不错，只有吃饱了吃好了，那些大道理才说得通。

老板娘又过来送了一瓶啤酒。

"马爷，你晓得不，以前住这301室的船长，你对门的张老师，得了肺癌，退休才两年，物业那个娃儿说是什么小细胞癌，叫是叫小癌，实际上严重得很，活一年算长的了。"

6

张渝民的老婆决定了要把张渝民送去上海治疗，事实上最后是女儿拿的主意。首先可以住在女儿家，用什么样的治疗方案最后让上海的医生定。

但是张渝民不同意，家里的经济条件他最清楚，这点儿钱经不住折腾的，小细胞肺癌目前基本上没有可能治愈，这是他自己看了大量的信息得出的结论，最后怎么收场呢？人死了，钱没了，老婆去要饭吗？中国家庭这样的悲剧太多了，完全是反人性的。"要我说，"张渝民一边咳嗽一边大声嚷嚷，"推出安乐死比什么都强。"

老婆又流泪了："你要尊重科学。小细胞肺癌有不同的分期，生存率是很不一样的。你现在是局限期，早期，没有扩散到远处的器官。局限期患者的五年生存率可以达到20%到30%。"

张渝民说："我要说句扫兴的话，我这命，基本上就是那80%一拨的，挤不进那20%，而且我对赖活几年没有兴趣。"

老婆号啕大哭起来："你命不好，包括娶了我吧？"

张渝民说："你这不是无理取闹吗？要说好人没好报我还真不信，我的好报就是娶了个好老婆，愿意为我付出一切。"

总而言之，没有结论。

春节就要来临了。以往的时候，要贴春联，准备好多吃的，女儿女婿外孙一家三口隔一年回来过年，另一年去女婿家，今年本来正好轮到回重庆，但是情况发生了变化，女儿女婿希望老两口尽快去上海。

小年夜的下午，夫妻俩在家，老婆包饺子，张渝民看电视。老婆心里琢磨晚上等张渝民吃得高兴的时候，再和他提一次去上海的话题。

有人按门铃，张渝民慢腾腾去开门，一个久别重逢的人站在门口。

张渝民说："马爷！别来无恙。不容易，这么多年还是让你给找着了，不过，这左邻右舍都住满了。哈哈！"

马爷说："船长，我在自己60岁生日的那天许下了一个愿望，不，是做了一个决定，也不对，是做了一个鉴定：张渝民是个好人。"

张渝民说："那就好那就好，请进请进。"

张渝民老婆凑过来说："欢迎马爷，正好，今晚吃饺子，你要不嫌弃，我陪你喝两杯。"

马爷说："打扰了，我就，不客气了。"

那个月光皎洁的夜晚，三个人说了很多话，喝了很多酒，病人张渝民事实上最后也喝了两杯。那天也有可能是马爷这辈子说话最多最开心的一次，他端着酒杯说："张渝民，我为啥子不早点认识你呢?哦不对,其实我们早就认识了,只不过是错过了。嫂子,我这么讲,不会有什么歧义吧?"

嫂子说:"没有没有,我在很多年前就告诉老张,你是个好人,也许你们有一天会成为朋友,事实证明我没有乱说。"

那个晚上,两个男人把所有的话题都捋了一遍。张渝民说马爷搬到303室的第一个晚上,他很紧张,但是又不能告诉老婆,他怀疑马爷当晚就会破门而入砍他,所以在门后面拉了一根绳子,有点像绊马索,谁闯入应该会摔一大跤。

马爷说:"我 × 你,好阴险!"

张渝民说,不过他绑好这根绳子之后,一分钟都没睡着,想想这玩意儿可能也没啥用,除了把破门而入的杀手和自己老婆都吓一大跳以外,以及,本来杀手想砍他一条腿,被激怒之后干脆决定把他三条腿全砍了。于是,张渝民半夜又起来把绳子收好,扶着墙听了半天,决定去你大爷的,睡觉。

马爷笑得眼泪都要掉下来了:"我声明,我对你的第三条腿肯定是没有兴趣的。"

马爷说,他在生意做垮了之后,好像突然找到了人生的意义,觉得从前的日子过得太憋屈,太委屈自个儿,所以开始快乐地放飞自我。但是快活日子没过那么几天,就给卷进这个何贪官的事儿,真是他妈气不打一处来。这也是马爷头一回告诉别人,他说他之所以会在里面待三个月,和他装疯卖傻有点关系。他曾经认真地问办案人员,我是真觉得这老何不是啥好鸟,组织上办他办得对，不过就是我把这老何说的全录下来，别人会不会觉得我人品有问题？办案人员非常厌烦、厌恶这种问题，说，我们是讲纪律、讲法律的，少来扯这些有的没的。

张渝民又笑起来："马爷我真该早点听你讲笑话，这样我可能就不会生癌了。"

张渝民老婆马上接过了话题："如果你现在积极配合，一样有机会呀。"

张渝民说："我觉得，现在这样就挺好，享受当下嘛。"

马爷在醉意蒙眬中听明白了张渝民夫妻的分歧，他站起来说："我出去一个小时，办点事，9点回来，你们愿意等我不？"

张渝民说："你啷个恁个扫兴啰，我们等你，必须等。"

小年夜的晚上，听得见零零星星的鞭炮声，从遥远的地方传来。女儿女婿和小外孙打来了电话，叮嘱外公外婆早点到上海，不要再犹豫，他们已经找了医院的朋友。张渝民说，嗯嗯嗯，啊啊啊，我知道了。

马爷真的在9点前又回到了张渝民家，拖着一个可以带上飞机的拉杆箱。

箱子打开来，里面是100万元现金。

马爷说："有两个这样的箱子，本来准备交给老何的，还好老子悬崖勒马，现在可以拿来治病救人。"

张渝民说："你觉得我会接受这样的施舍吗？"

马爷说："张船长，1988年的那个比赛，你摔倒了马小冬，发现他昏迷了之后，你把他头和颈椎托住，一直在喊，'坚持住坚持住！'我现在这个，不能叫施舍，不过是用另一种方式对你说，坚持下去。"

7

2018年的9月，在上海经过了半年的治疗以后，张渝民夫妻登上了上海往重庆的游轮，这是张渝民强烈建议，医生也认为非常安全稳妥的交通方式。

之前的最后一次检查结束后，主治医生皱着眉，说：

"发生了转移。"

张渝民老婆急忙问："那是什么意思？"

医生说："说明我们的办法没有发挥作用。"

张渝民老婆更急了："那那，那会影响他的寿命吗？"

医生说："这个，我可说不好，情况也是因人而异。"

张渝民把老婆的脸扳过来，直视着她的眼睛：

"意思就是，我们的努力失败了，但是，我们努力过了，够了！"

在上海的半年多，张渝民经历了各种治疗，所有可以尝试的办法都尝试了，应该说，张船长是一个听话的父亲和老公，全力配合，积极而悲壮，医生最后也认为，如果仍然以放化疗为主的话，确实可以回到家乡去治疗。

马爷给的钱，用掉了将近70万元，没有之前预计的那么多。

不知道为什么，张渝民终于长长地舒了一口气。

"如果，想想办法，"他很认真地琢磨，"我们可以还得起这笔钱的。"

邮轮需要10天的航行，漫长的旅程，可是在张渝民看来，这时间还是太短了，他有很多事要做，有很多东西要享受，有很多话要诉说。因为，他人生的终点，已经近在眼前了。

张渝民和老婆说的第一件事，就是凑一凑，把马爷的钱还给他。

老婆吃了一惊："马爷这性格的人，会让你还给他，这不是打他脸吗？再说，你接下来治疗还得用钱呐。"

张渝民说："不去搞那些高精尖治疗，花不了太多钱，每个人都不容易，马爷已经帮过我们了，够了。"

老婆说："我都听你的，不还这钱你心里难受，也不好。"

张渝民说："对头。"

在游轮上的每一个早晨，张渝民都认真地吃早餐，尽管他更瘦了，像一副骨头架子，头发已经所剩无几。吃完早餐，老婆搀扶着他，去游轮上到处逛逛，这是他待了大半辈子的地方，每个人都认得，每个人都问他："船长，你好些了没有？"张渝民都统一回答："我马上就要好了，每天都吃得好，睡得好。"大家都忍不住鼓起掌来。

吃完中饭，他要小睡一会儿，然后，做一件重要的事，给他的几个朋友一人写一封信。张渝民和老婆在上海的时候就已经沟通好，死后一切从简，不搞任何仪式，老婆也赞成，唯一的告别方式，是他要一笔一画地给几位好友各写一封信，算是正式的告别。老婆说，你现在就着急写啥？他说，现在就要写，以后糊涂了，就写不了啦！"而且，"张渝民和老婆说，"就七八个人，别看微信通讯录一两千，那都是联系人，不能叫朋友。"

每天晚饭后，张渝民都和老婆坐在船头欣赏落日。长江水这些年清澈了很多，但是由于大坝修建等原因，中华鲟、江豚这些大鱼都难得一见了。9月的天还很热，不过夕阳西下，江风吹来，觉得说不出的清爽。张渝民说："多么美好，多么不舍啊。"

老婆一直靠在他身边，说："张渝民，你这辈子都没和老婆说过几句情话，罚你现在马上想几句出来，让我感动感动。"

张渝民说："差不多30年前，邱大学生坐船去上海，我把他的烟差不多都赢了过来，其实我就是逗他玩儿。我还拿了他一本书，说起来，那是我这个大老粗唯一会背的一首诗，好像，也是一首情诗。是一个叫冯至的人写的，他说：

我的寂寞是一条蛇，
静静地没有言语。
你万一梦到它时，
千万啊，不要悚惧！

它是我忠诚的侣伴，

心里害着热烈的乡思：
它想那茂密的草原——
你头上的、浓郁的乌丝。

它月影一般轻轻地
从你那儿轻轻走过；
它把你的梦境衔了来，
像一只绯红的花朵。

张渝民说："这首诗怎么样？"

老婆说："非常非常好，很感动。"

张渝民说："那本书上有好多解释，就是这个蛇有些什么象征意义，我也没怎么看，看了也弄不懂，再说诗歌这玩意儿，感动人就成，啥象征不象征的。"

老婆说："张船长说得对。"

张船长咳嗽起来，老婆赶忙扶他回房间，叮嘱别冷到了。

张渝民回到房间仍然在咳，说刚刚可能呛到了，没事的，去洗手间擦把脸。

他凑到洗面池旁还在咳，接着是两口鲜血，然后是连续不断地吐血，染红了整个面池。张渝民手忙脚乱，一边放水冲干净面池里的血，另一边嘴里还吐出来，他瞅了一眼镜子里面的那个人，差一点晕过去，那个人只剩下十分之一的头发，面孔已经枯萎，满嘴鲜血，像一个狰狞的恶魔。

"你万一梦到它时，千万啊，不要悚惧！"

张渝民过了差不多半个小时才走出卫生间，表情正常，若无其事。他说："有点累，今天早点休息好不？"

老婆说："好的，是要好好休息。"

接下来的两三天，张渝民都有咳血，有时多有时少，但是他控制得很好，一丝一毫都没有让老婆发现。唯一的问题是，他越来越无力，甚至连走路都困难，这毛病，这状态，据说有些病人也能拖个一年多，顽强的，能活两三年。

张渝民想，这个样子活着有啥意思，活人都被我累死了。

不过没关系，对于张渝民来说，最后的时间就要到来了。

2018年9月下旬的一天夜晚，船已经过了宜昌，正在接近大坝，正是秋汛时节，河水湍急。

晚上9点，张渝民突然说："好饿，你能不能去找张二娃搞碗面条？"

老婆说："好的好的。"

张渝民说："辛苦你了！"

面条端回来的时候，张渝民已经不见了，床头放着几封信，以及一张提前写好的字条：

老婆，再见了，我不可以再拖累你们了。
张船长已经很虚弱，这条河肯定能收下他了。

张渝民老婆冲到船舷边的时候,天空突然出现了暴风雨,哭喊声被湮没在惊涛骇浪之中。

很多天过去了,长江上并没有找到张渝民的遗体,他就这样凭空消失了,像从来没有来过一样。

第五部
后　来

1

大学生好,你读这封信的样子,我其实很想知道,是痛哭流涕呢?还是笑笑就扔了?还是,老子恁个忙,以后再看吧。而且,我非常怀疑,你可能是坐在马桶上拉屎的时候读这封信的,妈的。但是我确实也无法知道了,遗憾。

因为,世界上没有轮回,没有转世,也没得啥子独立于肉体的灵魂,在天空静静看着你。

我曾经和你争论这个问题,是因为,我很害怕,仅此而已。

活佛和我聊过我的病,我说我生病的原因可能是我间接害死了一个叫马小冬的年轻人,活佛说不是,你生病的原因部分和基因有关,部分和吸烟这些不良生活习惯有关,我说你这不是说的医生说的话嘛,他说你现在只是身体得了病,精神层面都很正常,如果连以上的道理都不相信的话,精神状况可能也出了问题。

哈哈哈,朴实无华的真理。

我们已经认识30年了,尽管我们真正有一些沟通,似乎是从2014年的重逢才开始,但是我一直觉得,你是我喜欢的那一类文化人,这类人有什么标准?让我想想,应该是,有文化,说人话。意思就是，不装逼。

当然，补充一句，干人事。

但是，这几年，其实我能够感觉到，你一点都不愉快，一直要出去接电话，没事总是板着个脸，经常叹气，如果我没有猜错，你的事业发展，踩错了一大步。

我想和你说的第一句话是，这些错和张船长经历的生死比起来，算个锤子事哦。

另外，我以下要说的，不知道对你会不会有一丁点用处。

记不记得30年前我们一起看到的鲟鱼，它们要回到上游产卵，不惜血染大坝，你当时很震惊，觉得不可思议。我们在长江上跑船，看了很多，又觉得很正常。你问了我关于鲟鱼的问题后，我忍不住很认真去研究这个事情。

一条幸运地避开了疾病和灾难的鲟鱼，可以在同一个地方活到60岁。我们船上的老员工说，有的巨大的鲟鱼寿命超过100岁。如果它们不去考虑摆在它们面前的生存目的这个"疯狂"的问题，它们大概可以永远这样活下去。

但是，在它们生命的某个时间，通常是在长江口外的大海里待了十多年以后，在它们20岁到40岁的年纪，一个时刻到来了，鲟鱼处于等待中的生活突然结束，它们朝长江上游游去，历经千难万险，历经漫漫旅途，游进了金沙江，再次找到了自己的家，它们的目的达成了，或者说，它们找到了存在的意义。

很多年前，我和马爷在云霄山的山坳里发现一个神奇的池塘，很深，很神秘，里面生活着很大的鱼，黑黑的，感觉已经生活了很多年。这个池塘不与江河湖海相通，是一片封闭的水域。

大鱼总是让人觉得很有灵性。

其实，时间久了，也会觉得，它们之所以活得那么长，是因为避开了所有的挑战和磨难。

这群生命就那么好死不如赖活地待在那里，在黑暗和孤独中，靠吃偶尔掉进水里的蚯蚓和昆虫为生，与世隔绝，不仅脱离了外面的一切，甚至，仅仅活成了一个，跟过去的活着的联系。

直到某一天，马爷的推土机驾到，10分钟结束了这一切。

大学生，为了写这一段，我把我学过的好词好句子都用完了，不知道我说清楚没有，谢谢你给予我的所有的帮助，只可惜，只能用这么几句肤浅的话作为回报了。

希望你一切都好起来。

记住张船长留给你的最后的话，乌龟可以活几百年，因为它一动不动，但是，一动不动的生命有个什么鸟意思呢？

永别了，兄弟。

你的船长。

2

从2018年开始，我也喜欢上了钓鱼，在故乡的长江边，夏天的时候，我要带着我的全套装备往县城的上游走，一个长江的拐弯处。

独自一个人,晒太阳、发呆、思考。

这是我一年中最享受的时光。

又是一个闷热的夏日。江水泛着刺眼的阳光,水流湍急,我的浮漂在水中起起伏伏,蜻蜓在身后很低的地方飞舞,也许傍晚的时候,会有一场暴雨袭来。

今天看来注定是一无所获了。

浮漂突然在瞬息之间消失了,钓鱼线绷成了一根直线,它在断裂的边缘,发出沉闷的颤音。我在最后一秒紧紧抓住了鱼竿,尽管这根鱼竿花了我很多钱,比信念还要坚固,但是此时它最大限度地弯曲着,像我95岁父亲的腰。水里有一条大鱼,很大的鱼,它要把我往水里拖,搏斗很激烈,20多分钟,我的力气快要消耗完了,它没有束手就擒的意思。

我们就这样筋疲力尽地僵持住了。下一步的举动都没有决胜的把握,我要绕过两块巨石把它拉上来,并不容易,但是我的鱼线没有松,它逃不掉。

天空暗了下来,遥远的江面上,乌云正在慢慢推进,看来,我们还要在暴风雨中进行下半场的争夺。

有那么一瞬间,时间静止了。

我脱掉了短袖,赤裸着上身,并且点了一支烟,我已经很久没有抽烟了,尽管在装备箱里一直放着。我抽烟的原因,是因为我看到了那条鱼,它浮出了水面,巨大的身躯,那是30年前我在长江秋汛季节看到的巨大的鲟鱼的身躯。它缓缓地在黑暗中扭动，向我游来。

我剪掉了钓鱼线，大鱼在水面剧烈地跳动了几下，某一个瞬间，我看见它终于从钓鱼钩子上挣脱下来，黑色的眼睛望向我，然后，转身再次潜入暗黑的水里。

我在岸边的浅水里躺了很久很久，我太累了，没有力气坐起来。天色更暗了，江对面的群山一片模糊，乌云就在我的头顶汇聚，翻腾着，交汇着，变成了雨滴，它们从天而降，像童年的梦境，笼罩在我的脸颊、身体，面积越来越大，越来越密，世界突然变安静了，所有的声音都湮没在巨大的雨声里。

"我们会在那条河流里相聚，哦，是的。"

3

2022年的岁末，各家各户都在往医院跑，病毒很厉害，快速传播。

所有人都没有注意到，303室已经好多天没有人进出了。

一直到，一股奇怪的气味从里面传出来，物业才去撬开了门。

马爷已经去世好多天了，具体多少天，并没有人去认真计算。唯一知道的是，他感染病毒之后，并没有去医院，大约是准备扛一扛就过去了，结果出了意外。

马爷的枕头旁，有一张临时写下的字条：

"马小冬，很高兴再见到你。"

百年孤独

1

多年以后,面对死亡之神(它肯定已经被 AI 浪潮和一万种长生不老药整蒙了),我一定会回忆起 1987 年的夏天父亲带我去镇上的新华书店挑选生日礼物的情景。

20 岁的生日在遥远的 9 月底,不过到时我会在上海念书,所以生日礼物要提前在家乡买好。那时小镇大约只有几千居民,房子建在长江和两条很小的溪流合围之中。我们从山上的房子走去镇上,汗流浃背。

"买本书吧,有意义的书。"父亲说。

我知道这是他唯一负担得起并且对我学习有帮助的礼物,唯一的选项。

书店的老师也是老熟人,说有一本特别好的书,得了诺贝尔文学奖,但是小孩子不一定看得懂,父亲说,好书就行,慢慢看,多看几遍就懂了。

老师说:"这书叫《百年孤独》。"

我说:"爸,真要买这个吗?一点点都看不懂。"

父亲说:"买!诺贝尔奖,好!天天看《水浒传》《隋唐演义》,有啥子营养嘛,长大了当流氓嗦?"

那天买完书走回家,又流了一身汗,其他也没什么印象了。过了好几年才知道,我们买的都是盗版书,气得好不容易来中国的作者加西亚·马尔克斯竖中指。我好像是在报社听文艺青年们讲这个的，但我想关我屁事，我爹反正付过钱的，要抓也得抓印书的和卖书的。

又过了十来年，我在电视里看到了一个叫马尔克斯的，不过是个墨西哥人，在巴塞罗那足球队踢中后卫。

再过了十几年，卖盗版书的越做越大，成了互联网平台公司。本来就赚不到几个银子的穷酸文人批评它们，好像赫里内勒多上校面对胶着的战局、荒凉的街道、巴旦杏树上凝结的水珠，发给奥雷里亚诺·布恩迪亚上校的电报。

"万能的富豪啊，"穷酸文人悲伤地敲下发报键，"马孔多在下雨。"

机器上跳出富豪冷漠的电码。

"别犯傻了，"电码如是说道，"8月下雨很正常。"

2

1987年那个夏天我只读懂了《百年孤独》中的几页纸，有关"失眠症"。

马孔多小镇的失眠症开始是失眠，接着是失忆，用今天的观点来看，它更无限接近阿尔茨海默病。

和我的故乡一样，马孔多小镇也建在水岸，没准，还是在同一个时间段诞生的。

开村鼻祖何塞·阿尔卡蒂奥·布恩迪亚排定了各家房屋的

位置，确保每一户都邻近河边，取水同样便捷；还规划了街道，确保炎热时任何一户都不会比别家多晒到太阳。短短几年里，300名居民的马孔多成为当时已知村镇中最勤勉有序的典范。

一直到，失眠症来袭，镇上的人开始整夜整夜睡不着觉。接着，开始失去记忆，忘记所有的一切。

何塞·阿尔卡蒂奥·布恩迪亚用小刷子蘸上墨水给每样东西注明名称：桌子，椅子，钟，门，墙，床，奶牛，山羊，猪，母鸡，香蕉。随着对失忆各种可能症状的研究不断深入，他意识到终会有那么一天，人们即使能通过标签认出每样事物，仍会记不起它的功用。于是他又逐一详加解释：这是奶牛，每天早晨都应挤奶，可得牛奶，牛奶应煮沸后和咖啡混合，可得牛奶咖啡。

当然，幸运的是，马孔多的失眠症随着吉卜赛老头带来类似连花清瘟的口服液后很快就消失了。

但是1987年那个夏天，19岁的我失眠得厉害。

我的失眠症是1986年高考时落下的，医生简单利落地诊断为太紧张了，考上大学就好了。

但是并没有，第二年我还是睡不着觉，尽管还没有到失忆的地步。

我的主要症状是对声音敏感，光线什么的我都无所谓。但是我对声音的敏感到了非常病态的地步。感觉我每天躺在床上的第一秒开始，就在收集各种声音。

父亲的鼾声，隔壁一幢楼每晚都在播放的凤飞飞的卡带，山坡下野狗的狂吠，以及，那个夏天最神秘的声音：五楼（我家在四楼）的人家每天凌晨3点开始的各种噪声大合奏。3点是我的敏感的耳朵收集完其他噪声后准备稍事休息的时间段，然后，五楼就开始了。五楼的烟火气一直持续到清晨6点15分左右，一声吱呀的关门声，世界陷入了死一般的沉寂。

但是6点半左右，我的勤劳的爹妈又已经起床忙碌了。

整个暑假，我每天上午11点迷迷糊糊起来，父亲说：

"睡这么久，大学里很累吗？"

我说："五楼的人吵死了。"

父亲说："我啷个没听到？"

某一天的凌晨我决心鼓起勇气上楼去严正交涉一次，为此我还连做了两天的俯卧撑，以防不测。

大学里足球老师有个什么机器，他一拳打上去显示力量接近两百斤，比较厉害，我打了一拳，老师说好像还没到可以显示力量的程度，当然也可能是机器还不够精细。

总之，那个黑灯瞎火的凌晨4点，我摸着走道里脏兮兮的墙壁上501室去。

正对着门的沙发上躺着和我父亲差不多年纪的男的，但是歪着嘴，流着口水，中风的样子。

开门的阿姨忙碌着，做早餐，做很多的、各式各样的早餐，馒头、花卷、白糕、水煮蛋……

6点15分那一声关门声，是她出摊的时间。

"啥子事？"

我说："呃……"

一个红糖馒头塞过来："拿去吃，好吃。"

501室有两个娃，一个大学一个高中，男的真的中了风，女的卖早餐、卖小面养家。

我再也没有上楼去过，事实上后来我知道她在哪里卖小面，我去吃过好几回，还带着小学同学去吃。

"401室的娃儿，不要你的钱，你啷个不回家吃饭，是专门来照顾我生意嗦？"

"我有钱。"

凌晨3点的噪声仍然铺天盖地，有时候我很烦，有时候又觉得习惯了，再后来，我的失眠症有了新的症状，就是各种声音混搭在一起热闹非凡的时候，我进入了深度睡眠，有某种安全感。

一旦所有的声音都消失了，我会不安地坐起来，异常清醒，思绪绵绵。

501室在1988年寒假的时候就搬走了。说是搬到门面房，做生意更方便。

我的失眠症从来没彻底好过，有时怕吵、有时怕静。

某一年有个大人物和我说，他在纽约往北的某处住了两晚，花园很大，森林茂密，寂静无声。夜晚躺在床上，感觉能听到自己血液流动的声音，惊悚到难以入眠。

我对大人物没有什么兴趣，但是听他讲这个仍然觉得新奇，觉得马尔克斯似乎漏掉了一些魔幻的细节。

有关501室的阿姨,在某一个春节的年夜饭过程中,听到父亲说,她家那位中风的老头没两年就走了,两个儿子大学毕业一个在深圳,一个在成都,很少回来。阿姨总算供养好了家里每个人,身体也垮了,每星期还要去做透析。

后来她一个人住,按照阿姨自己的说法是,不习惯离开小镇,孩子们也各有各的生活。

也有人说,是两个孩子都不大愿意管她。

当然这些不是父亲这个老公安想说的,他要说的是2015年的夏天里发生的事情。

他在饭桌上左顾右盼了一分钟,确信只有我在和他说话,其他人都在聊别的。

"你晓得不,她在夏天的一个晚上死了,三天后才被发现。歪在床边,身子是斜的,脖子上缠着晾衣服的绳子,绳子的另一头绑在床头的铁杠子上。他们说是不小心出了意外。你信不?"

在确信我完全听明白了之后,他补充说:"我觉得就是自杀,那个角度,证明了靠在床边也能自杀。"

那个冬天的夜晚,我在饭桌上愣了半天,老头儿还在进行技术分析,有那么一瞬,我好像也听到了我的血液流动的声音,仿佛绝望的潮汐。

马孔多的失眠症最危险的时候,何塞·阿尔卡蒂奥·布恩迪亚用刷子蘸着墨水标注了最重要的东西,通往大泽区的路口立起一块牌子，上写：

"马孔多。"

中心大道立有一块更大的牌子，上书：

"上帝存在。"

3

多年以后，面对夜神之子、掌控死亡的神，我的年迈的父亲（也许他已经100多岁了）一定会回忆起1987年夏天他带我去镇上新华书店买礼物的情景。

1987年，父亲56岁，就是今天的我的年龄。

我在佛罗里达的酒店里观看奈飞（Netflix）拍摄的剧集《百年孤独》时，忍不住想，那一年的父亲和这一年的我，一定有很多共同的焦虑。他有一个19岁的儿子，刚刚念完大学一年级，每天都需要用钱又视钱财如粪土；我有一个15岁的女儿，刚刚念完高中一年级，周末回家经常问我，爹你每周就给我10元零花钱是不是故意隐瞒了富豪的身份。

56岁的父亲和儿子总是有一堆的话题要争吵，关于儿子不知道从哪里听来的"'知识分子'必须是关心并参与'公共事务'的人"的说法，父亲暴跳如雷，"家里一半的收入拿来供你读书是让你找个好工作，我们不求你养我们，你能养活自己就行！"

15岁的女儿周末回到家，有时说她支持以色列，有时又说她同情巴勒斯坦，在加沙问题上摇摆了很多回，最后变成了中立派。妈妈说支持她多关心时事新闻，跟读好书不矛盾。当然妈妈也认为不管他们咋个打，别打到我的股票账户里来就行。

1987年夏天，这本名叫《百年孤独》的盗版书事实上我只看了几页，其余的时间，是我的父亲没事就拿在手里翻来翻去，究其原因，我猜一大半是出于不要浪费的目的，并不是一个老公安对加西亚·马尔克斯发生了兴趣。

他在某个酷热的午后对我说："奥雷里亚诺·布恩迪亚是条汉子。"

我说："里面的名字一会儿重复一会儿重复，都不知道谁是谁。"

"上校。"父亲说，"奥雷里亚诺·布恩迪亚上校。书里面最男人的一个。"

从1987年开始的37年里，我读过很多次《百年孤独》，更准确地说，是反复阅读了很多次奥雷里亚诺·布恩迪亚上校，其他所有故事在奥雷里亚诺·布恩迪亚上校面前都相形见绌。

从因为承认私生子而将信将疑接受自由派主张，到冷酷决绝即使烈日当空也寒冷直入骨髓的独裁者，最后到与世无争，日渐衰老，归于平凡的老人。奥雷里亚诺·布恩迪亚上校是百年话题、世纪难题。

奥雷里亚诺·布恩迪亚上校不顾母亲激烈的责骂，仍然判处老友蒙卡达将军死刑。天亮的时候，他去牢房探望死囚。

"你记住，老兄，"他说，"不是我要枪毙你。是革命要枪毙你。"

"见鬼去吧,老兄。"蒙卡达将军说,"我担心的不是你要枪毙我,因为说到底,对于像我们这样的人来说这就算是自然死亡了。"

"我担心的是,"他补充道,"你那么憎恨军人,跟他们斗了那么久,最终却变得和他们一样。人世间没有任何理想值得以这样的沉沦作为代价。"

1987年,我的56岁的父亲在旁边用钢笔批注给我:似曾相识。

一位居心叵测的强权人物脱颖而出,特奥菲洛·巴尔加斯将军,大字不识,却暗藏祸心。

"这是一头狡诈的野兽,需要小心提防。"奥雷里亚诺·布恩迪亚上校对手下的军官们说,这时,一位一向极其腼腆的年轻上尉小心翼翼地竖起食指。

"这很简单,上校,"他提议道,"得杀了他。"

令奥雷里亚诺·布恩迪亚上校吃惊的并不是这一建议的冷酷,而是竟有人在一瞬间,抢先一步把自己的想法表达出来。

"别指望我下这个命令。"他说。

他没下命令,但15天后特奥菲洛·巴尔加斯将军遇伏,在乱刀下被剁成肉酱,大权落到奥雷里亚诺·布恩迪亚上校手中。

就在他的权威被所有起义军将领承认的当天夜里,他猝然惊醒,叫喊着要毯子,他试图找到抵御寒意的方法,就下令枪毙了提议暗杀特奥菲洛·巴尔加斯将军的年轻上尉。

2024年的冬天我又读到这一段，忍不住在旁边写下四个字：似曾相识。

1987年的夏天，我的父亲最喜欢的是奥雷里亚诺·布恩迪亚上校最后的结局这一段，他反复看，最后说，这是男人的一种死法，站着死。

小丑在游行队尾表演杂耍。最后当队伍全部走过，街上只剩下空荡荡一片。上校向栗树走去，心里想着马戏团。小便的同时，他仍努力想着马戏团，却已经失去记忆，额头抵上树干便一动不动了。家里人毫无察觉，直到第二天上午11点用人去后院倒垃圾，忽然发现秃鹫正纷纷从天而降。

我的父亲1991年退休，不得不说，这位小个子公安有着非常强壮的身体，尽管那时还没有智能手表，但他每天的步数肯定是一万步打底的，在小镇上的任何出行都是步行，几十斤的米、油全是一个人扛回家，这样的生活状态一直持续到2022年他91岁那年。

那一年的岁末，一片混乱之中，他先是高烧，然后是白肺，然后，失去了爱人，在那个痛彻心扉的岁末。

尽管医生反复提醒万里之外的我，要有心理准备，但是，他熬了过来。

马尔克斯在书中倾诉的，我在飞机上反复阅读，"过去都是假的，回忆是一条没有尽头的路，一切以往的春天都不复存在，就连那最坚韧而又狂乱的爱情归根结底也不过是一种转瞬即逝的现实"。

我们在2023年的夏天重逢的时候，92岁的父亲坐上了轮椅，一夜之间，29岁的小伙子终于变成了正常的92岁。

他说："没死成。"

我说："这下好，站着死是不大可能了。"

父亲是真的老了，至少完全没有听明白我说的笑话的来源，一脸茫然。我说你帮我买的书，书里有个人靠着树，站着就死了。

"啥子书？"

"《百年孤独》。"

"哦，好像是有，写啥子记不得了。"

"诺贝尔文学奖，魔幻现实主义。"

"哦，好像是好像是。"父亲说，"你好不好？"

我说："我差点就见不到你了，又很幸运还是又见到你了，又可以照顾你了。所以说，也不好也很好。这些年才知道，没得啥子魔幻现实主义，都是现实主义，那些本来以为嘿魔幻的东西，简直他妈小菜一碟。"

父亲说："好像是，似曾相识。"

4

1948年，泛美会议和反美的拉丁美洲学生大会同一时间都在哥伦比亚的波哥大召开。来参加学生大会的，包括后来古巴的革命领袖、领导古巴几十年的菲德尔·卡斯特罗。卡斯特罗约好4月9日下午1点20分,带一群古巴学生去拜访哥伦比亚自由党党魁豪尔赫·埃利塞尔·盖坦。

今天我们觉得卡斯特罗是个重要的历史人物,不过在1948年,盖坦比卡斯特罗的名号响亮得多。

然而就在4月9日下午1点5分,约定会议15分钟前,卡斯特罗到达自由党办公室时,盖坦这位哥伦比亚反对党领袖——照后来的调查报告说法——被一个从精神病院跑出来的疯子,持枪近身射杀了。

哥伦比亚预定在1950年进行总统大选,1948年时,大部分关心哥伦比亚政情的人,都预测盖坦会在两年后的大选中胜出。

盖坦被杀的消息引发了波哥大城市暴动事件。有风声传出,说这一切是源自古巴共产主义者的煽动,显然哥伦比亚政府要拿卡斯特罗他们来做这起事件的代罪羔羊。

看苗头不对的卡斯特罗赶紧逃往古巴大使馆,由大使馆偷偷将他们一伙人送回古巴。据说如果卡斯特罗的反应慢一点,大概就没有后来由他所领导的古巴革命了。

4月9日下午三四点,离盖坦遇刺被杀地点大约500米外,整个区域在暴动中起火了。有一个年轻人,一个波哥大大学法律系的学生,在街上惶惶然地奔跑,遇到了一位朋友,他对着朋友喃喃念着:"我完了我完了我完了。"朋友很意外,问他:"你什么时候变成激情的盖坦拥护者了?"他回答:"不是的,是因为我的

小说稿都被烧掉了。"(杨照《马尔克斯与他的百年孤独》)

这个学生叫加夫列尔·加西亚·马尔克斯,后来的哥伦比亚作家、记者、社会活动家,小说《百年孤独》的作者。

1948年的手稿还不是《百年孤独》,是一些短篇小说,马尔克斯在其中一部小说中借主人公的嘴说道:

"我相信上帝是存在的。但是跟人类一点儿关系都没有。他关心的是重要得多的事情。"

亲爱的小孩

1　未来30年最严峻的挑战

54岁的某一次旅行中,读了秦晖先生的一本书,叫作《共同的底线》,他在自序中讲:"'西方的自由民主'与儒家的'传统道义'同归于尽……"

我无意探讨这本书,而是要说一个插曲,在55岁10个月的某一天我和友人闲聊,说到这句话,但是我忘记了"同归于尽"四个字,我在想,秦先生的意思是"都没有了",但是他用了哪四个字,我想不起来了,我想了十几秒钟,想不起来,非常焦急,甚至紧张,仍然没有想起来,时空很漫长,我丢掉什么了吗?

55岁10个月的这些天,我读一个日本人写的书,《我和妈妈的最后一年》,儿子怀疑母亲患上了阿尔茨海默病(Alzheimer's Disease,AD),带她去医院检查。医生让母亲做一些题目,其中一个题目是:我说三个单词,樱花、猫、电车,记住啦,回头会考。

然后是计算、方向、饮食等方面的测试题目。突然,医生问:"我刚才说过三个单词,是哪三个?"可怜的妈妈惊慌失措,一个单词都没想起来。

正在读书的我,突然慌张地丢下书:我天,有一个是樱花,还有两个是什么,我也想不起来了!

55岁的这些日子,我还读了一位叫于涵的女士撰写的阿尔茨海默病的优秀的科普读物,《偷走心智的贼》,书里提到美国最大的制药企业礼来制药公司(Eli Lilly)邀请哥伦比亚的派萨人参加新药的临床试验。派萨人这个族群似乎基因上出现了问题，阿尔茨海默病的魔咒一直纠缠着他们。所有志愿者都是无偿、无畏、义无反顾地参加试验。

其中一个人说，这是最可怕的疾病，如果试验失败，我宁愿在自己脑门来上一枪。

阿尔茨海默病是一种中枢神经系统的退行性病变，主要发生在老年或老年前期。疾病的主要特征包括进行性的认知功能障碍和行为损害。

国际阿尔茨海默病协会（ADI）发布的《世界阿尔茨海默病 2018 年报告》显示，全世界至少有 5 000 万的痴呆患者，到 2050 年预计将达到 1.52 亿，其中 60% 至 70% 为阿尔茨海默病患者。

美国食品药品监督管理局（U.S. Food and Drug Administration，简称 FDA）说："这是一种毁灭性疾病。"

2　20 世纪 90 年代

34 年前，我刚刚认识总编辑的时候，他事实上是副总编辑。当然，他是什么级别的官，对我来说都一样，我们一帮年轻人有个共同的感受，这是个不食人间烟火的人。

总编辑是一个真正的报人，甚至，可能也是最后一代报人中的一位。

这类人有某一个共同的特点,就是不谈钱,好像一说钱就是理想不绝对,绝对不理想。

1990年我们刚刚在报社工作的时候,每个月工资大约120元,这点钱吃饱饭没问题,但是可别有其他什么不良嗜好,否则就麻烦了。

有一段时间几个同事下班后拉着在办公室打小麻将,其实也算不上赌博,核心原因在于又穷又丑找不到女朋友,只好几个男的自娱自乐。

夜里12点,总编辑又非常有规律地散步到我们十五楼东看看西看看,报人的通病是不要回家,逮着个记者聊头版头条聊好几个小时。

他从电梯口出来就听到了麻将声,我们也听到了他的咳嗽声,四个人都石化了,有人还装模作样拿起一张《文汇报》读起来,报头都是反的。

脚步声在电梯口转了一圈又走了。哥几个继续,一个通宵,我的120元都没有了,牌友还善良地送给我一条"红双喜"香烟,说:"不好意思,就当回扣吧。"

回到宿舍想,这烟也不敢当饭吃啊,这日子过的。

总编辑很喜欢和我这个22岁的小年轻聊天。他说:"当记者注定就是清贫的,没想好别干这个。"

我说:"就是也太穷了点,打个麻将都能破产。"

他说:"没找你们几个麻烦你还有理了是吧?"

我说:"不是这事儿,我们这点收入,这楼里办公的其他单位的人,像中国银行的小姑娘们,根本就瞧不上我们,女朋友都找不着。"

总编辑斜了我一眼:"瞧你这点出息。"

20世纪90年代初的时候,重庆有一对非常出色的企业家夫妇,廖长光先生和何永智女士。他们做了一个叫"小天鹅火锅"的品牌,尝试着把外地人拉上重庆火锅的餐桌,办法就是把完全是红汤的火锅隔成了白汤和红汤,现在我们叫它"鸳鸯锅",这个简单的方法颇有效果,很多外地人开始尝试重庆火锅。我去采访他们,赞扬他们是简单的创意、赚钱的革命。

廖长光、何永智夫妇后来还开发了洪崖洞,现在也是天空之城般的存在。

大约是1992年,我们在重庆开特约记者会,有个下午正好有点空闲,廖先生邀请我们一堆人去家里小坐,聊聊天,总编辑也欣然答应了。他们家住在重庆最早的一个别墅楼盘,我们坐在漂亮的花园里喝茶。

我说:"廖总何总这生活质量,安逸。"

总编辑又斜了我一眼,说:"邱兵的理想和现实又打上架了。"

"跟现实这小子打一架"是我最喜欢在报社夜班编辑部唱的赵传的歌里的一句,歌名为《一颗滚石》,大约是说,20岁的我离开了老家,跟现实这小子打一架。

不知道为什么,我觉得我已经受够总编辑的质疑了,我说:

"选我们这个职业,又不是单项选择题,应该是多项选择题吧,反正不该是只有'穷'这一项。"

总编辑估计被呛得有点儿懵,没说什么,一圈人也不知道说啥好,又只好聊回重庆火锅。

我们后来坐船回上海,三峡景色非常壮丽,总编辑又变回了总编辑,他在船头感慨万千,说中国人如果都有机会欣赏这样的美景,至少得多几百上千个李白杜甫,我附和着他说,一定是。

我心里想:杜甫也他妈穷死了。

3　AD

1901 年的冬天,一个名叫奥古斯特・德特尔(Augeste Deter)的 51 岁德国女性被送进了当地的"疯人堡",她有一些奇怪的症状,不知道自己身在何处,甚至不知道自己是谁。

她的治疗医生是一位 37 岁的资深医师,爱罗斯・阿尔茨海默博士(Dr. Alois Alzheimer)。一些资料显示,阿尔茨海默博士因为娶了一位富商的遗孀,一夜财富自由,并将所有精力投入他热爱的医学事业。

奥古斯特去世后,阿尔茨海默在显微镜下"发现奥古斯特脑中的神经元有不同程度的崩解,它们似乎是被从自身内部长出的原纤维(fibrils)摧毁了。有的神经元里可以看到一根或几根原纤维,更严重的情形是原纤维结成了粗大的纤维束。在受损最严重的区域，神经元彻底崩解，只能从留下的一大团缠结的原纤维推断出那里以前有神经元。除了原纤维，阿尔茨海默还发现有大量微小的斑块（plaques）堆积物散布在神经元之间。这些堆积物由一种未知物质构成，可以被清楚地观察到"（于涵《偷走心智的贼》）。

阿尔茨海默博士确信奥古斯特患上了某种独特的疾病，而不是当时已知的任何精神疾病。这个病在1910年被命名为阿尔茨海默病。它的缩写AD碰巧也是1号病人奥古斯特·德特尔名字的缩写。

我在2024年夏天约了拜访上海仁济医院神经内科主任王刚教授，他是国内阿尔茨海默病研究的领军人物。王教授微信给我一份《中国阿尔茨海默病报告2024》，让我先看起来，这份报告由仁济医院牵头，多家权威机构共同参与编撰，很有学术价值。

糟糕的是，你知道，对于一个文科生来说，要读懂这样一份报告，比较困难。很多个夏夜，我戴着老花镜，一个个单词去搜索，试图理解得清楚一点。有一天饭局吃到一半，我说我要回了，要看个东西，酒友说，是不是《抓娃娃》？我说是阿尔茨海默病的报告。

一桌子人都蒙住了：你为什么要看这个？

是呀，我为什么要看这个呢？

如果我把报告原封不动地粘贴在这里，估计大多数读者也得蒙圈，所以，我只好把我理解的内容最简单地表达一点。

如果，50 年前，一个叫张大牛的 65 岁老头出现了一些奇怪的症状，比如，突然忘记他老婆叫什么名字了，或者，出了门就忘了回家的路了，又或者，看上去什么都好，但是只会走直路不会拐弯，我们大概率会认为他只是老了。如果有一天，他总是怀疑别人偷了他的一万元，事实上他根本没有一万元，又或者，他真的去偷了邻居的一万元，我们大概率会觉得，这人本质终于暴露了。最后，这个人不对了，开始有暴力倾向，甚至把大便涂抹在卧室的墙上，我们会下结论，张大牛已经变成张疯子了。

2024 年，如果张大牛出现如上所说的早期症状，医生会进行最初级的简单的记忆和定位测试，包括三个问题：1. 记忆三个词；2. 时间和空间定向，如"今天是哪年哪月哪天"和"您现在在哪里"；3. 回忆三个词。如果张大牛不能回答有关定向的两个问题之一或不能记住所有三个词，则表明认知能力有可能下降，需要进一步评估。

阿尔茨海默病不是老了之后的正常表现，它是一种严重的疾病，可以毁灭病人以及病人的家庭，这是最重要的前置认识。

2021 年，中国 AD 及其他痴呆粗死亡率较高的省市包括上海（43.8/10 万）、江苏（43.4/10 万）、四川（41.4/10 万）、重庆（41.0/10 万）。

AD 的早期诊断和病程判断方面，PET 显像（正电子发射断层成像）可以全面反映患者 ATN（一套完整的 AD 诊断体系）的改变。但是其费用昂贵且尚未纳入医保，另一方面，我国正电子显像设备数量比较有限。

人工智能的发展带来了新的机遇，其与分子影像学技术的结合大大提高了诊断的准确率、灵敏度和特异度，在基于 FDG-PET 显像预测 AD 方面优于专业医生的视觉判断。

目前没有办法可以治愈阿尔茨海默病，但是如果在早期诊断并配合治疗，可以有效延缓其症状的发生，提高生命质量。

针对阿尔茨海默病的新药开发在近年接连迎来突破。卫材和渤健联合开发的 Leqembi（通用名：Lecanemab）和礼来公司开发的 Kisunla（通用名：Donanemab）均已获得 FDA 的完全批准，用于治疗早期阿尔茨海默病患者。

其中，Lecanemab（中文名：仑卡奈单抗）已在国内获批使用，正是王刚教授在海南临床使用阿杜卡单抗和仑卡奈单抗治疗阿尔茨海默病的 100 余例患者，总体来看，药物的安全性不错，可以明显看到对病程有延缓作用。

2024 年 7 月，Donanemab（中文名：多奈单抗）在美国获批上市，为早期阿尔茨海默病患者提供了另一种治疗选择。当时，该药物正在中国国家药品监督管理局的新药审评中，尚未在中国获批使用。

一个酷热的下午，我们去仁济医院见了王刚教授，大教授原来是一个非常 nice 的人，我们一共聊了一个半小时。我猜，他从第一分钟就看出来我们是一群小白，几乎问不出有价值的问题，但是他选择了用非常通俗的语言来为我们讲解。

一开始他就告诉我们，理论上说，阿尔茨海默病是富裕病，如果平均寿命低于60岁，甚至低于50岁，事实上它是不会引起重视的。但是平均寿命超过70岁甚至80岁后，它成为一个严重的问题。因为80岁以上的老人，患上AD的概率在20%左右，毫不夸张地说，这是21世纪生命科学必须面对的巨大挑战。

哈佛的教授凯博文在他的《照护》一书中详细记录了他和阿尔茨海默病妻子的十年，其中提到妻子在患病后总是怀疑他与其他女性有染。

王刚教授说，是的，人格改变是AD的一个非常重要的标志。我们有时候会看到一些报道或者视频说，一些老人为老不尊，在公共场合对女孩子动手动脚。要注意，除了道德和法律之外，也应该了解，他是不是还正常，是不是还有其他什么症状。有时候，不完全是坏人变老了，也有可能，是老人得病了。

目前对于AD的药物研究方面，美国企业仍处于绝对的领先地位，其中，礼来公司是绕不开的话题。创办于1876年的礼来公司最初只是一家药店，经历数十次兼并和投资，成为跨国制药集团的巨无霸，公司最著名的产品是抗抑郁药Prozac（中译：百忧解）。

报道称，35年来，礼来在阿尔茨海默病治疗和诊断方法的研究中开辟新的道路，投入超过80亿美元，并有超过1万名患者参与了临床试验。

在过去十年，礼来已经在FDA注册了40多项新药试验，并目为这些试验赋予史诗般的名字:"远征一号""远征二号""远征三号"。

诚然,药企的目标当然是巨大的潜在市场和商业回报,但是,基于人类的共同未来和命运,带着商业目的的远征仍然值得我们脱帽致敬。

4　千禧年

大约是 1994 年,上海的《新民晚报》非常红火,堪称社会效益、经济效益双丰收,记者、编辑收入都不错,我有点动心,想跳槽到晚报去。

事实上那个时候就没有跳槽这一说,只能是调动,但是似乎也没有记者随意在三大报之间调来调去。我偷偷找了晚报的领导,领导说,看过我写的东西,只要《文汇报》愿意放,他们愿意接收的。

我回来向报社提出准备跳槽到晚报去的请求,结果捅了马蜂窝。总编室通知我,计算了我前一个月的工作量,没有达标,事实上我一个月都没干活,尽忙着跳槽的事了。因为没有完成工作量,所以,我,就下岗了。晚报领导一听我下岗了,说哎呀这就不好办了,我们也不能收下岗的人员。

总之,没走成,我的岗位从国内记者部调整到经济部,事实上也没少一分钱,大家都知道为啥让我下岗。

我到经济部报到的第一天，正好碰到陆灏先生，他那时候在经济部当编辑，他一见我就乐坏了，说：

"哎，下岗的，先去把垃圾桶倒了。"

我有一天吃完晚饭晃荡到二十楼总编辑办公室，他正好也吃完饭在看电视新闻，我把声音调到最小。说：

"不让走就算了，又来这一出。"

他说："没完成工作量下岗是正常的。"

我说："那也没见扣我钱。"

他说："那要不就扣吧。"

我说："那算我没来过。"

总编辑说："我不是说晚报不好，是不适合你，你要做你擅长的事情，以后你会明白。是不是觉得受委屈了？人这一辈子，要受的委屈多了去了，你就把这回当善意的挫折吧。"

1994年的那个夏天，一切都是垂头丧气的，唯一高兴的是美国世界杯开幕了，我最爱的罗伯特·巴乔带领意大利队一路跌跌撞撞杀进了决赛。

我在食堂的饭桌上问总编辑："您看足球吧？"

他说："不看。你球迷啊？"

我说："我不是球迷，但我是巴乔迷，他要是夺冠的话，我申请给体育版写个评论。"

总编辑说："扎小辫那个？蓝眼睛？这人是个悲剧人格，不像巴西那个罗马里奥，一看就是混不吝，悲剧人物夺不了冠。"

决赛中巴乔一记冲天炮踢飞点球,丢掉了冠军,流下了热泪。

我心里想:我们的人生搞不好都这结局。

1994年的夏天,我们看巴乔着了迷,大家相约去复旦踢球。去踢球的头一天,我、陈季冰老师、戎兵老师、沈凌峰老师等同事一起商量战术,印象中大家对中路渗透都没什么把握,最后还是确定45度斜传冲吊,以及两翼齐飞,下底倒三角回传等简单打法。

第二天上场以后,我们才突然发现原来停球这么难,好好的一个软绵绵的球传过来,一停就弹出去好几米远,完全无法执行最初的战术安排。仿佛新闻系教的理论一到采访时就蒙了。最夸张的是球出了界之后,沈老师跑到界外去捡球还踩在球上摔了一大跤,把近视眼镜也摔坏了。就这样,巴乔旋风带来的一点点正能量一天就消散了。

天气很热,好多个夏夜我们都睡在办公室里蹭空调。打麻将等于被人抢劫,不敢玩;踢球会被球故意滚到脚下摔一跤,球是真他妈球啊;找女朋友人家都嫌我们穷,没男人味,后来有一首歌写出了我们的心声,叫作《姑娘去哪儿了》。

无聊的时光廉价地流淌着。

直到某一天,我们无聊到开始讨论每个人在《文汇报》写的消息和通讯,大家都比较喜欢我写的,具体我记不清了,总之好像是对我评价不错。(不排除会有一些质疑性留言。)

有一天晚上我们聊新闻写作聊到凌晨4点多,窗外竟然天亮了，我突然想起，总编辑不就想让我们干这事儿吗？只是他不知道我们是在没钱没人甚至没球的窘境中，为了消磨时间而进行的自我批判、自主研发的新闻业务探讨。

1994年至2000年，我写了不少东西，总编辑很满意。有一年，大约是上海解放多少周年，我发起了一个征文，大约是让读者根据一张照片写下读后感，然后集中刊发以作纪念。这张照片是一张老照片，内容为第三野战军的将士们在攻入上海之后，不入民宅，而是在细雨蒙蒙的清晨露宿街头。

版面刊发前一晚，我在办公室写几句发刊词，总编辑进来说："都几点了，弄好了吗？"

我说："我写了一个短文，权作发刊辞，叫《不朽》，希望某一种精神不朽，江山才能永固，我写这个冒失吗？"

他说："很好，很好，很好，很好。"

版面刊出的第二天，市长的秘书发来短信说，领导讲，这才叫办报。

大约是在2000年，总编辑年龄到了，要退休了，那个时候，好像多少都可以再拖个一两年，发挥余热，不过他好像是到点儿就退，一天不耽搁，也不知道是为啥。

总之退休前的某一个傍晚，吃完晚饭我在大厅碰到他，那时我们已经合并到报业集团，搬到了威海路。

他说："吃了？陪我出去散个步？"

我说："好的，您也快'下岗'了，估计也缺人陪了。"

他说:"喔哟,这记仇记得时间长的。"

我们在暮色中从威海路走到了茂名路,秋天的夜晚,凉风习习。

我说:"据说晚饭后在这旁边散步挺危险的,老容易碰到熟人,有时候还是领导,有时候还是一男一女,有时候还不是夫妻……"

他说:"哦,你碰到过?"

我说:"别向我打听,我什么都不知道,除非你给我2 000元。"

他说:"2 000元干点啥不好,听你这破玩意儿。"

我说:"您咋和我爹一样,一到退休,恍然大悟,我咋忘记挣钱了?留给子女的就剩革命理想了。"

他哈哈大笑起来:"你爹这种谈吐,革命理想我看也所剩无几喽!"

我说:"不见得,依我的观察,你让他再活一遍,不敢说一模一样,也得是分毫不差。"

他沉默不语。

我看我们一直在往东走,都已经过了成都路了,忍不住问:"这是要往哪走啊?"

他说:"干脆我们走回圆明园路的老报社去看看吧?你走得动吗?"

我说:"这问题该我问你。"

圆明园路和虎丘路的文汇报社老楼都在暮色中,如果有上帝视角的话，会看见一老一少两个人，傻愣愣地站在那儿，至少有接近半个小时。

我在这里住过八年，一个没有窗户的房间，没有空调，只有两张钢丝床。我的同屋是赵老师，这个房间冬天能把我们冻成狗，夏天直接不能住人，必须搬到办公室去蹭空调讨论新闻业务。

每天一大早，一个叫阿三的男工人和一个叫小李子的女工人就开始在我们寝室门口的电梯旁吵架，我们听不清楚他们吵什么，唯一清楚的是我们很晚才睡，然后一大早又被搞醒，后来有一次他们还拿着刀争吵。

最后我们才知道，他们只是在表达对每天忙忙碌碌的工作的热爱和感激，千真万确。

总编辑在那幢老楼前想了些啥，我不得而知。我想，即使给我2 000元，我也没必要去打扰。他在最后时刻说了一句和我有关的话。

他说："按理说，你想去晚报的事，我也不该拦着你，毕竟你自己的生活应该自己决定。"

我说："有句话我一直也很想说，刚刚还提到我的父亲，我想，你们身上的某些东西，在我身上生根发芽，事实上我已经知道应该选择怎样的生活，至于结局是怎么样，该是怎样就怎样吧。"

老楼的门口拉着根绳子，大约半米高，他一定要跨进去看个什么东西，跨来跨去，半天也没跨成功，我一脚把绳子踩地上，让他直接进去。

总编辑露出了惭愧的表情:"唉,老了。"

这个强硬了一生的男人,魁梧的背影露出一些隐忧。

5　腾讯的远征

2024年9月9日,是中国企业腾讯公司发起的第10个"99公益日",这次他们将其称作"久久公益",10年了,担得起"久久"的美誉。腾讯的征途,低调沉稳而波澜壮阔,这是一家了不起的中国企业,如果可以的话,不用加上之一,可以加上"最"。

"天使望故乡"的编辑嘱我为公益日撰文,深感荣幸。在我粗浅的理解中,做公益需要能力、财力、精力,汗颜的是,这三条我大约一条都不具备。但是且慢,我的理解中,公益还有一个重要的意义,乃是唤起我们善的本心,这个善的意义有多大,大到可以让一个新闻系的半文盲为了他尊敬和追随的人,十年如一日地去研究一个他完全无力触达的问题,这是我的肺腑之言。

这个夏天,我在上海见到了老朋友戴卫东先生,过去的十几年,他也投入了巨额的资金研发阿尔茨海默病的新药。他说,很多坎坷,前路未必平坦,但是仍然要坚持下去,这是一个未完成的梦。

于涵女士所著《偷走心智的贼》中,讲到20世纪发生在美国的一个故事。

1980年10月23日，一个叫保琳·菲利普斯（Pauline Phillips）的女士用"绝望的纽约客"的化名在报纸上刊登了一封来信，叙述了她的50岁丈夫患上阿尔茨海默病之后悲伤的经历。

保琳接着给"绝望的纽约客"回信说，你并不孤单。在美国有大约100万人正遭受阿尔茨海默病之苦。你可以准备一个长信封，贴好邮票，写好自家地址，寄到阿尔茨海默病及相关疾病协会。该协会的地址是纽约州纽约市百老汇大街32号，他们会给你寄回最新信息，而且是免费的。

有2.5万名读者照着保琳的建议做了。每天都有两只巨大的麻袋被送到协会的办公室里。到今天，阿尔茨海默病协会（Alzheimer's Association）仍然是阿尔茨海默病领域最大最有名的非营利机构，它的预算达到3.8亿美元，有2 600名雇员和6.2万名志愿者。

只是，在后来的日子里，人们发现，"绝望的纽约客"并不存在，她只是一个虚构的人物。但是，没有人责备保琳·菲利普斯，因为，这是一个善意和伟大的谎言。

令人悲伤的是，20年后，保琳·菲利普斯也被诊断出阿尔茨海默病。

6　2014年至2024年

2014年的某一天，总编辑突然就不认识我了。

在之前的几年，每年我们都吃两次饭，他的手脚总不是很灵活，有一次穿厚的外套还是我们帮助他才穿上的。

他说："老毛病，腰椎间盘突出。"

上海话说，他是一个很吃硬的人，多大的痛苦，咬咬牙就过了。

但是，这一次，他过不去了。

很快，他就被送进了医院，然后，再也没有出来。

开始的两年，去看他的时候，他会有一点点的反应，慢慢地，不再有什么反应了，只是那么躺着。2019年后，我没有再见过他，一直到2024年的夏天。

2024年夏天我去看他的时候，特意和他的主治医生蔡医生聊了几句。蔡医生说，他可惜了，最早来开药的时候，真的是一表人才，2014年开始，身体状态断崖式地下滑。

不过蔡医生纠正我说，你弄错了，他不是阿尔茨海默病，他是帕金森叠加症综合征，当然，最终也导致严重的认知障碍。

2018年的9月，我一个人偷偷去看了他一次，正好护工阿姨离开了一会儿，我握着他的手说了一些话。以下是记忆中我和他说的全部内容：

"你知道不，今天是我的生日，50岁，我从来没有想过我也会50岁，我不应该永远都是32岁，和您一起走路去圆明园路回忆过往吗？

"可是，时间这一溜烟儿的，就过去了。

"你知道吗？我们现在，无比地艰难，时代变了，我们冷不丁就变成遗老了，连电脑都不怎么会用的人，跟互联网时代狭路相逢了。算了，说这些你也听不懂。

"你知道我以前和你说过，我已经做好自己的人生选择，是因为什么吗？是因为两次酒局。

"还记得有一年在山东的某地开特约记者会，晚饭来了一个什么大腕，各种花样劝酒，你不喝酒。对方说，上海的同志阳刚气不够哇。你斜了他一眼，冷笑两声，不接茬。酒桌大战没搞成，睡觉前我同屋的外地记者说，总编辑这酒也不应酬一下，搞得挺扫兴，怎么跟当地搞好关系啊？我说，我们是搞舆论监督的，又不是来搞关系的。同屋的说，小邱你就是对总编辑盲目崇拜。我说，我他妈崇拜一个人都很难，更别说盲目了。

"后来有一次在四川开特约记者会，吃晚饭，有人拿来了当地的廉价的白酒，同事们敬你，我看你都不拒绝，于是我也端了一杯酒从角落里过来说，我可以敬您一杯酒吗？你说，你做的四川猪肉的调查报道很好，值得喝一杯。我说，我还有两篇更好的在写，一定不让您失望。你说，好，那就连喝三杯，怎么样？

"那天你肯定是微醺了，领导让我扶你去房间，路上我说，您真是个好领导，对上不谄媚，对下属很尊重。你大笑起来，说，有那么好？不喜欢我的人多了去了，不过要当个好记者，当个正常人，需要平视对方，不要仰望，仰望着是搞不好新闻报道的，做人也一样，要不卑不亢，谁也不比你高级，你也不比谁卑微。

"那天晚上我没怎么睡着,一直在想你说的话。后来,我也做了总编辑,我想,我差不多是完全照着你的指引做事做人的。

"我今天来看你,在我的生日这天,其实我很自私,我只不过是想在这个混沌无助的年月,寻找一点安慰,寻找一点救赎而已,至于我还能不能坚持走下去,谁知道呢?"

以上是我和总编辑聊的所有的话。然后,他的手指,在我的手心里,非常、非常轻微地抖动了一下,再一下,被我敏感地发现了。我不懂医学,不知道这个动作需要用到多少的体力才做得到。

我只是觉得,有人在无声地告诉我,退无可退!

2024年的秋天,我最近一次去看他,带着我全新的创业计划,也带给蔡医生一本我的书,晚上我就要飞去重庆,待一段时间再飞往波士顿。

医生和护工阿姨在旁边,我什么也说不了,只能做一个简单的告别。

我本来想说:"我马上就56岁了,但是,没有退缩,继续向前。"

飞机晚上7点起飞,上海已经是漆黑一片,但是我猜,重庆才刚刚夕阳西下,43摄氏度的高温在几天前慢慢退去,两个小时后,从东向西,无边无际的夜幕会笼罩一切,城市和乡村,流光溢彩的街道,忙碌奔波的快递小哥,公园里嬉戏的孩子,一切的一切,都会湮没在黑暗之中,包括,我怀揣着的梦想。但是不要紧,凌晨5点,太阳会在上海升起来,7点左右,重庆也会天光大亮。

他仍然在睡梦中,应该都是美好的回忆吧。

圆明园路食堂里一日四餐的美食,夏天冰爽可口的绿豆汤,冬日里香气扑鼻的小火锅。

组版房里忙碌的编辑们,每天都打扮得漂漂亮亮的排版姑娘们,她们每天不说一个八卦是不会满足的。

窗外,黄浦江对岸,那片从农村变成世界窗口的土地,多么的激动人心啊。

以及,以及,和邱兵一起走过的那段不长不短、车水马龙的路途,秋夜的微风,仿佛麦浪般摇曳的轻言细语。

最后,是一片漆黑,遥远的童年,朦胧的面容,笑声、哭声、梦想、誓言,一起从他脑海里渐渐淡出,太阳不再升起。

再见。

总编辑。

穿过你的白发的我的手。

我听到传来的谁的声音
像那梦里呜咽中的小河

10月初的一天，我的老同事、老朋友谢老在朋友圈晒了一张照片，是帮他搬家的工人们在他家阳台上用他的望远镜排队观看上海动物园，因为谢老住的房子的院墙另外一边就是长颈鹿住的房子。

直到这一天，我才刚刚反应过来，谢老要离开上海了，我从波士顿回到上海喝酒的时候，酒桌上又少了一个人，尽管这话听上去瘆得慌，但是，可不，这一个个的，都离开上海了。

原来，真的会有我们唱过的"知己一声拜拜远去这都市"这一天。

陆灏先生还留言纠正："连拜拜都没有说。"

看到谢老朋友圈的时候，波士顿是晚上，刚把在俱乐部打完球的女儿送回学校，我回到家吃点夜宵。那天不知道把老花眼镜放哪了，老婆辛苦做的菜放在眼皮底下都是模糊的，我想北京人说的"晕菜"估计就是这意思。

最近睡眠也不好，实话说我整个一生入睡都很困难。如果我现在就嗝屁了的话，我的墓志铭应该写："深度睡眠就像共产主义一样，他为之奋斗了一生。"

另一个和我一样睡眠困难的人就是谢老，他最早和我一样吃舒乐安定，后来说舒乐安定不顶用了，准备吃思诺思，又有点小担心。据传思诺思入睡很快，有人吃完一粒去关卧室的门就吊在门把手上睡着了。

至于我是真的"晕菜"、失眠，还是因为看了谢老的朋友圈后隐隐失落，不得而知。

波士顿秋天的夜晚出现了红色的极光，璀璨的天幕绵延到无穷的远方，动人心魄的景象持续了几分钟。之后，喧嚣平息，人群散去，一样的月光照着一样心事重重的查尔斯河。如果不是女儿从学校操场上发来的一堆高清照片，我们几乎很快就忘记了刚刚绽放过的"焰火盛会"。

那曾经的，是何等梦幻的时光啊！

我和长我3岁的谢老认识已经很多年了，我们从一起讨论如何办《东方早报》到求同存异追求各自的人生观世界观再到共同分析血压睡眠以及喝了酒不能吃安眠药否则可能会变成陈百强等等，中间还穿插了搓麻将、唱卡拉OK以及数不清的饭局酒局。注意，不是那种商务局，而是我们几个兄弟之间百分之百以喝酒为目的的酒局，而流程都以我喝醉他清醒以及照顾我为结局。

谢老是我们复旦新闻系1983级的师兄，是那种偶像级别的师兄，低调有学问就不说了，个子还高，一米八三，个子高也不说了，气质还好，一头长发。那个年代我们看过一个电视剧叫《寻找回来的世界》，有个叫许亚军的人在里面演一个叫"伯爵"的角色，长发，哇靠，帅极了，就是一个弱鸡版的布拉德·皮特。谢老不一样，他更高更挺拔更有气质，很多年后安迪·杜弗伦从肖申克监狱逃出生天，大家看到那个叫蒂姆·罗宾斯（Tim Robbins）的演员都忍不住大喊："哇靠，这不是谢老吗？"

谢老1987年从复旦新闻系毕业，当时特别喜欢他的吴老师

（吴老师后来也特别喜欢我）给他留言说：

"无论你走到哪里，都有一双眼睛注视着你。"

2003年因为办《东方早报》我们在上海相遇，谢老讲起吴老师深情的留言，大家都倒吸了一口凉气。

《东方早报》有一个庞大的文化版块，里面有不少能人才子，我自己没什么文化，搞不定他们，就把这个版块交给谢老管。他管得很好，至少从报纸印出来的样子看是这样。因为那时在上海，很多人都知道《东方早报》有文化，这个腔调和谢老的气质是有很大的关系的。

我有时候也忍不住想去讨教一番。有一天晚上我去谢老所在的四楼，他正坐着抽烟，说起他手下有个叫贾女士的主任，今天晚上因为一个稿子的观点和他产生了分歧，第二次把大样拿上来并被告知要继续修改时，小贾把大样揉成一团扔进谢老桌旁的垃圾桶里。

我说："然后呢？"

谢老说："没有然后，小贾就他妈闪人了。"

小贾现在是文化圈的大咖，但是20年前的当晚她确实就闪人了，把邱总气得吐血，但是谢老跟没事儿人似的。20年过去了，我有时候忍不住想，允许一个持有异议的编辑将大样扔进垃圾桶里，如果能写进《新闻学概论》就好了。

2003年的时候，我们都用MSN聊天、联络，晚上夜班空闲的时候，就在MSN里面写博客，长短不论，你的联系人都可以看到，也可以评论。有一天我写了一段话，具体什么内容我已经记不清了，大意就是抱怨宣传系统里有些事特别不合理，但是如果去较真能把你累死，还不如你好我好，大家都扯淡，大家都轻松。

我在结尾写了几句笑话，是说陈小春演的《古惑仔》电影里有个桥段，KTV的陪酒女摸着陈小春的劳力士金表，说上次有个凯子戴个假劳力士，"我特么往手表上这么一拍，表盖就特么掉下来了，碎了一地！"

如您所知，陈小春的表盖也掉了下来，节操碎了一地。

大半夜下了夜班准备回家睡觉的时候，发现谢老在下面留言：犬儒主义。

第二天我偷偷问张明扬："啥叫犬儒主义？"畅销书作家张明扬那时候在这边做财经记者，他说："不大懂，我去查一下。"

查了半天，没有下文。

以后的20年，我、谢老、明扬，从未在一起讨论过犬儒主义，哪怕在我们喝得酩酊大醉的时候。

不过从2003年那个冬天开始，我成了"犬儒主义"的一位拙劣的研究者（搞不好，也是践行者），我东看看西看看，20年如一日，没有什么研究成果，但是足以构成我写这篇小文的线索支撑，以及，和我最要好的朋友谢老说，我知道，这20年我们心里偷偷发生了什么。

犬儒，以前指古希腊抱有玩世不恭思想的一派哲学家，后来泛指玩世不恭的人，尤指知识分子。一般说来，创始人叫安提斯泰尼，生平不详，一直跟随苏格拉底混，曾经亲眼看着苏格拉底喝毒药而死。安提斯泰尼在一个名叫居诺萨格（Kunosarges）的体育场讲学，Kuno 就是希腊语"狗"的意思，据说这是犬儒的由来。

至于说到犬儒主义（Cynicism），一个外来词，中文里没有现成的对应词汇，作为古希腊的一个哲学流派，代表人物则是一个更屌的人，第欧根尼，说是他住在木桶里，还在里面打滚，很快活，容易让人想到老庄哲学，还有魏晋名士。

最著名的逸事是，东征的亚历山大大帝去看第欧根尼："你有什么要求就提吧。"第欧根尼说："别挡住我的阳光。"这个逸事是对哲学具有更高权威且凌驾于世俗权力之上的宣示。拉尔修在《名哲言行录》中提到另一则逸事，亚历山大说："如果我不是亚历山大的话，我宁愿做第欧根尼。"有点像十几个世纪以后马云先生讲："我最后悔的就是创办了阿里巴巴。"

2004 年的时候，谢老和我说，相比于管新闻，他更希望去办一本杂志，当时我们正好买下了美国运通公司的一本旅行杂志的中国版权，谢老就去做了这个杂志的中文版，他们把它叫作《私家地理》。这一次，这个内容，再也不涉及什么重大新闻，而只与旅途和人生有关了，似乎也有编辑跟谢老杠，但真的没有人再把大样扔进垃圾桶了。

每一期的杂志，谢老都写一篇卷首语，味道好极了。看起来，尽管谢老平时很少说话，但是内心丰富着呢。回想起来，谢老不喜欢说话的原因，最重要的是要隔离那些他不喜欢的人和话题，跟高仓健不说话还不完全一样，我们小时候，伙伴们都担心高仓健肯定是舌头比矢村警长短一截。

旅行杂志是不是就像第欧根尼的木桶一样自得其乐、我行我素、粪土诸侯权贵呢？不一定。

运通公司有两个白人男子，每年都来上海两三回，名义上是培训编辑人员，实际上首先总是要催一下版权费，然后再吃吃喝喝到处逛逛，不得不说这是个好差事。

老外的血液中似乎有一种酶，在对付酒精上比我们有天然的优势，我们有一回在大冬天上了68度的五粮液，喝得人声鼎沸，称兄道弟，齐声高唱鲍勃·迪伦"How many roads must a man walk down / Before they call him a man"，但是，老美仍然没有倒下，菲利普（我只记得其中一个名字）在饭店门口搂着我说，兵，今年一分钱版权费都还没付。我说这不还没到时间嘛，现在杂志的生意也不好做。

总之那个冬天还没完全过去，我们就收到运通的通知，不再和我们续约，因为有人给了更高的版权费。记得我去通知谢老我们不能再使用这个品牌时，他愣了一小会儿，说："FK。"

我说，天下乌鸦都他妈黑着呢。

和玩世不恭恰恰相反，早期的犬儒是极其严肃的，第欧根尼是一个激烈的社会批评家。他立志要揭穿世间的一切伪善，他曾经在光天化日之下提着一个灯笼在城里游走,说:"我在找一个真正的人。"

尽管没有了美国人的品牌,我们还是自力更生做好了《私家地理》,一直到互联网的浪潮席卷而来。与报纸相比,杂志的转型大约更加艰难,精美的图片和设计被抛弃之后,观感一片狼藉。

有一天晚上我们在乌鲁木齐路钱柜唱歌,谢老说你刚唱的那首挺好听,叫个啥,我说是齐秦的,叫《曾几何时》,"曾几何时,我迷失了自己,曾几何时,我忘却了自己,沉醉在变了调的都市里……"

某一年的某一天,谢老和我说,他准备退休了,那一年我大概四十七八岁,正干得热火朝天,算算谢老50岁左右,然后,他就自我退休了。我说,你收入哪里来呢?他说他有自己的办法,饿不死,要过点自己想过的日子。

在那之后,有一个春节前,我发信息给谢老,说你为单位做过很多贡献,大家都一致觉得应该给你一个红包。

他回信说:"别鸡巴扯淡了,不干活为什么要拿钱?"

这个莫名其妙的对话被我记住了,不管是古典的犬儒主义还是现代的犬儒主义,总之不干活我就不能拿钱。

谢老有很多粉丝同事,尤其女粉丝很多,听说他自我退休了,非常震惊,甚至无法接受,纷纷发信息给我,强调应该让谢老回到新闻队伍中来,进一步学习马克思主义新闻观,为新闻事业作出新贡献。

我也不知道如何安抚女粉丝们,大概是说,谢老觉得自己年纪大了,"年华老大心情减,辜负萧娘数首诗"。

但是很多女粉丝都是有文化的粉丝,并不好敷衍,其中一位我和谢老共同的朋友说:"我看,是老邱搞的那套投机取巧的东西入不了谢老的法眼。"

英国人安斯加尔·艾伦所著《犬儒主义》一书中,对犬儒主义进行了深入浅出的阐述。早期的犬儒主义者根据自身的道德原则去蔑视世俗的观念,而现代的犬儒主义者有了这样的想法:既然无所谓高尚,也就无所谓下贱。既然没有什么是了不得的,也就没有什么是要不得的。

从愤世嫉俗到玩世不恭,其间只有一步之遥。哈里斯说:"犬儒不只是在过去饱尝辛酸,犬儒是对未来过早地失去希望。"王尔德说:"犬儒主义者对各种事物的价钱(price)一清二楚,但是对它们的价值(value)一无所知。"

大约,好多年前,我一直都认为自己是聪明人中的一员,这个"聪明"的重要标准,就是游走在"了不得"与"要不得"之间,在中国,有很多这样的聪明人,掌握着"成功"之道。

记得几年前一位著名的主持人,访问了美国的媒体后有一个观点,我印象深刻,大约是说,美国媒体有什么了不起的,中国的媒体才是真了不起。

至少,我得承认,在某一个时间段里,我一直认为,像谢老这样不接受妥协,世人皆醒我独醉的人,不合时宜;像我这般在体制、市场、资本、读者中到处讨好的人，不用打着灯笼找了，我就是你们要找的"聪明"人。

写这个文章之前，我在波士顿参加了女儿高中的第一次家长会。家长会开了两天，我和她妈妈还有她一起上了七堂课，其中一堂英文课，上来就发了一张纸，上面是一首诗歌，整堂课就是讨论这首诗 *The Road Not Taken*（《未选择的路》）：树林里有两条路，我选择了其中一条，很多年后回首，它改变了我的一生。

一个白人父亲说，40 年前我读高中一年级的时候，也是这首诗，想不到现在还是，哈哈哈。

我心想：靠，那是因为一直有人误入歧途。

2022 年的下半年，我 70% 被动 30% 主动地离开了我混迹 32 年的媒体行业，各种折腾之后发现，那些投机取巧、妄图四两拨千斤的花招，原来，没戏。

那真的是一段艰难的日子，从上海到波士顿到重庆，那些善意的不善意的眼神，从头打量到脚，感觉我从一米八三的身高突然变成了现在这样子。

一米八三的谢老一个字都没问过我，回到上海我们就喝酒，聊聊血压、睡眠，以及如果不坐飞机如何从上海抵达波士顿。

2024 年上半年在波士顿弄新房子的时候，我坚持在地下一层的卧室里也做了书架，理由是如果有一天谢老来住，他一定想要一个完全独立的空间，那一定是这一层，而且，书和书架都不能少。

2024年下半年的时候，我出版了第一本书，谢老一直在他的朋友圈帮我推广，有些话表扬得比较肉麻，非常不谢老，感觉就是希望这本书能够卖得好点，我看到这些内容觉得很惶恐，不知如何是好。

10月，我在华尔街见我的发小，我也在别的文章中写过他。他一刻不停地盯着奈飞的股票，一天涨了11%，说管俅啥子商业模式，干电影干视频干文字，反正最牛×就行，头部玩家，OK？下沉市场你玩不转，你不要底线，别人比你更不要，事实上没得啥子下沉市场，市场都得往上走，我俩都是十八线来的，也不会傻×一辈子。只有奈飞这样的巨人才能创造新世纪，才能帮哥们挣着钱。

下午4点收了盘，发小说："不过，谢老这个人真有意思，或者说，这就不是price（价格）的事儿，这是value（价值），更彻底点说，因为他，你的东方早报岁月没有蹉跎，20年前就为你标注了犬儒主义，哇靠，精准。"

我在波士顿的家位于西部近郊，在这一带，查尔斯河还是一条窄窄的小溪流，河岸既有杂乱的枝蔓荒草，也有伟岸的北美乔松，即使在冬季，流动的水流也不会冰封，依然昼夜不停。

我在秋天一直开着卧室的窗睡觉，午夜时分，总能依稀听到温柔倾诉般的水流声，觉得是最好的安眠药，仿佛往事在耳边慢慢流淌。

我和谢老第一回真正认识，是在 2003 年的 5 月，我们本来想在这个月创办《东方早报》的，但是由于发生了 SARS 疫情，只好推迟。

5 月间，我们被要求尽量待在家里，不要外出，不过有一个下午，谢老发信息给我：来唱卡拉 OK……

我戴着口罩去了。那天他唱了一首很有名的歌，我这个土包子是第一回听，觉得很着迷，这首歌是罗大佑唱的，歌词是："我听到传来的谁的声音 / 像那梦里呜咽中的小河……"

我忍不住端着啤酒敬他，谢老说："喝不了啤酒，肠炎，肚子疼。"

我说："那还不去医院看看？"

谢老说："有啥好看的，疼也是身体的一部分。"

我心想，这 × 装的……

《犬儒主义》这本书的译者倪剑青先生在书的序言中有几句话，他说，艾伦博士过分乐观，试图在现代犬儒主义之中寻找积极的革命性因素，但很不幸，历史经验告诉我们，犬儒主义并不会拥有撕开铁屋子的能力。铁屋子的自我崩溃的确与犬儒主义的腐蚀作用有一定关系，那是因为权力者自身也被腐蚀，从而动摇了自我保卫的意志与决心。

但让铁屋子崩溃的那一击，从来就不是无法协同行动的犬儒派能完成的，不论是古代的还是现代的。

我在 2003 年和谢老唱歌时特别想告诉他，其实，我们本可

以在1986年就认识。那一年9月的一个下午,夕阳西下,我和我的天津同学高先生走在复旦"大家沙龙"旁边的小路,他说:

"前面那位,跟你一样长发的,比你高出一个头的,叫谢方伟,我们天津老乡,大才子,我们去打个招呼不?"

我说:"别了,傻乎乎的。多有才啊?比汪国真还有才啊?"

高先生说:"我×,你丫这德行还是别去打招呼了。"

我说:"如果像汪国真一样有才的话,我就得说,嗨,谢方伟,很高兴认识你,并且,让我们永不分离!"

星星是穷人的钻石

从北京回重庆的飞机上,三个学生娃一直咳嗽,说是去看了刀郎演唱会,不过没票,是站在外面听的,冷死。

我回到家躺了一晚上,早上起来流了一面池的清鼻涕,头痛欲裂,心里明白,这一年,没当上顶流,没成为清流,最后,总算还是捞到了一个甲流。

重庆的冬天异常阴冷,刚把客厅里的暖气打开,准备活动活动筋骨,94岁老警察出来,把暖气关了。

"多穿点,开啥子暖气,闷,不通风,又浪费。"

我一听还要通风——是那种雪渣子一样冷的风——立即冲进自己的小房间,钻进被窝里。

"现在国家鼓励消费,你连个暖气都不肯开,还造不造航母了。"

"老革命"听力已经基本丧失了,我作为一个普通群众的任何呼声都要通过一块小白板写字汇报。

夜深人静的时候,突然想起,再过几个月,就是家里老爷子95岁生日,说起来十年一大庆,五年一小庆,95岁多少也算个事儿啊,只是到时候我都不知道自己到底在哪一个方位。

男人这一生,会仰望无数的高山,指引他翻山越岭、奋力前行,不过漂泊半生,终于会发现,父亲才是脚下的土地,无论你乘风飞起,还是山穷水尽,他是你唯一可以依靠、可以从头再来的勇气。

我总是喜欢写几个字来对那些我牵挂的人告白,父亲是我笔下出现最多的一个,他的故事还引来影视公司约我写剧本。我告诉对方父亲和我曾经的一段对话之后,对方说:

"卧槽，要不还是等等再说。"

好多年前的一个春节，我在家夜以继日地刷一个剧，叫作《血色浪漫》，讲的是一群插队知青的故事，有血色，有浪漫，几个男主也很帅，能斗殴、能贫嘴、能念诗、能泡妞，总之是一个深情的爽剧。我这次甲流的源头刀郎先生还为它献唱了主题曲。

家里老公安的客厅电视机被我霸占三天之后，忍不住问：

"你看的是个啥子？"

我说："上山下乡的，你不懂。"

老头跳起来，"我还不懂，我就是过来人，你个小崽儿晓得个锤子，还什么'浪漫'？苦得很哪！"

我忍不住青春期复发："你不要一天到晚教训我，我告诉你，将来我去体验体验生活，也要写个大部头，当个大作家。"

老头火冒三丈起来："体验生活？这些都是哪个鬼发明的词，别人的生活你体验得到吗？你要写自己的生活，别人的苦你晓得个屁！还有，你办的那个报纸，有一半说的都是空话，老子看到就脑壳痛！"

我说："我办的报纸是上海最有品位的报纸。"

老头露出微信里面那个捂脸的表情包。（发明这个表情包的人不知道升职没有，确实不错。）

"说空话、说废话就是有品位，哪个语文老师教你的，写长江就是不尽长江滚滚来，哪个要看？你得写长江的一滴水、一粒沙，晓得不？那就是我们，我们才会看，报纸是办给人看的！"

那个时候，老头子 70 多岁，是他身体状态最强劲的时节，也是头脑清醒、表达欲最旺盛的时节，当然，也是退休十多年、再也没有什么人来看他、最空的时节。

好多年后，读到一个报道：对中国非常友好的美国演员雪莉·麦克兰和邓小平聊天，她提到几年前访问中国的一个农村，有件事使她很感动。她遇到一位正在田里种西红柿的教授，她问教授，是否觉得在偏远的乡下干这种体力活儿是种损失，因为这样完全脱离了他在大学里的科研工作。那位教授说，正相反，他非常高兴和贫下中农在一起，从贫下中农那里他可以学到很多东西。本来和麦克兰边说边笑、谈得很高兴的邓小平突然脸变得很严肃地说：

"那位教授在撒谎。"

我把这一段读给已经 80 多岁的老头听，老头沉默了一会儿说：

"你应该像邓爷爷说的那样办报纸。"

从 2023 年的夏天开始，每一年的最热的季节和最冷的季节，我都回重庆陪老头儿住两个月。母亲走后，他的身体开始走下坡路，准确地说，是从 2022 年年底白肺之后，他的双腿没了力气，坐上了轮椅，2024 年开始，两只耳朵只有左耳剩下一点点听力，需要凑近了大喊，我们俩的交流最多的是通过在一块小白板上写字来进行。

我有时候忍不住想，也许，这个倔强了差不多 100 年的老头，终于要迎来人生的终局了。

但是，夜深人静的时候，我听到他仍然频繁地爬起来，推着他的助步器在房间里四处巡逻，忍不住又想：这老头，真他妈顽强、顽固、不可征服。

纳博科夫在他的《说吧，记忆》中有一段著名的话，大约是说，常识告诉我们，我们的生存只不过是两个永恒的黑暗之间瞬息即逝的一线光明。尽管这两者是同卵双生，但是人在看他出生前的深渊时总是比看他要去的前方的那个深渊平静得多。

可是，我写这篇小文献给我的 95 岁父亲的目的，就是想说，他让我相信，也有人望向那个前方的深渊时，心若止水。这是非常非常重要的人生课题、哲学课题。

很小的时候，有一年的冬天，小伙伴告诉我，你爹在长江边的回水沱那边执行任务，我们一起去看好不？

回水沱的水很急，经常浮起来一些东西，但是这次不一样，浮起来一个人，仰面朝天，穿着一件中式的衣服，像是去参加完什么活动，尸体沿着漩涡中心打转，好像一个逆时针的钟摆。

父亲他们的小驳船把他钩上来，缓缓地往岸边开，驳船的发动机坏了，发出刺耳的声音，像一个气喘吁吁的病人。

小船靠近岸边的时候，我们终于看清了那个人的脸，鼓胀着，扭曲着，感觉是另外一个陌生的物种。三个小孩突然号啕大哭起来，如同立即开始的葬礼。

父亲看到了我们："干啥子，滚回家去。"

我们哭得更响了，父亲在众人面前有些尴尬，把我拉到旁

星星是穷人的钻石

边:"别哭了!"

我说:"我怕死人。"

父亲说:"人都会死的,早点晚点,重点是,不要哭!"

那个恐怖的记忆一直纠缠在我脑海里,挥之不去,父亲在简单粗暴的劝说之后再也没有提过这事。

2020年的大年初五,我的60岁的哥哥突发心梗去世,我从上海飞回重庆处理他的身后事,在仙居山殡仪馆,我看到他的那张平静、陌生的脸,突然想起几十年前的那个长江水面上的人,只是,我没有哭。

2020年的那个大年初五,上海飞往重庆的飞机在江北机场落地的时候,地勤人员在登机口问:"三个湖北的在吧?"

"在的,统一安排在最后一排。"

2020年的那个春节,疫情刚刚在武汉发生,登机口的这两句对白被机舱内的人听到了,一阵骚动,阿姨大爷们拼命往前冲,乱成一团。

空姐大声解释:"只是湖北身份证,不是湖北出来的。"

但是没有用,人流不停地往前推搡。

我忍不住说:"至于吗?"

阿姨暴怒了,仿佛死神正在降临,隔着口罩都能感觉到唾沫乱飞:"你不怕,你不怕就最后一个下。"

我说:"我本来就想好最后一个下,也可以和湖北人一起下。"

这一幕,属于对前方那个深渊的极度恐惧,带着动物性的恐惧，在父亲的眼里，灌输这样的恐惧也是某种邪恶的技能，让另一种更加可怕的东西畅行无阻。

2025年的腊八开始，我每天都推家里老头出门巡游三次。他两天刮一回胡子，拾掇得挺清爽。年轻的时候，由于他毛发过于茂盛，被小镇上的居民称为"阿尔巴尼亚人"，因为他们唯一看过的外国电影就是阿尔巴尼亚电影。

走在前面的老邻居皮鞋上粘着一张巨大的广告纸，父亲就大喝一声：

"踩到100元人民币了。"

对方低头费力地把纸弄掉，咒骂了几句郁闷地走掉了。

父亲说："乡巴佬，穿个皮鞋还不看路。"

我贴着他的耳朵大声吼："莫要乱跟别人开玩笑。对了，你儿媳妇也老是说你儿子——就是我——身上有股乡巴佬味道，叫作Hillbilly——你别管——是英文，但是那个自比乡巴佬的J.D.万斯当上了美国副总统，你儿子却还是个乡巴佬。"

父亲说："有这个人，《环球时报》看到的，说是共和党要靠他传宗接代。"

我说："卧槽，还总结得挺牛×。"

晚饭后巡游一次，回来就是泡脚，接着就是一天的重要仪式，在卧室床上斜靠着收看《新闻联播》，以及随后播放的电视剧。

老头事实上已经听不到什么了，所以把声音开到极大，偶尔飘过一两句能记住。他同时也在台灯下读报，《环球时报》和

《参考消息》,"参考"每天出,"环球"周日休刊,这些都是他吩咐我买报纸时注意的。

这些都还不是重点,重点是家里晚上有个护工阿姨,人很好,父亲在卧室看《新闻联播》的时候,她就在客厅里织毛衣,同时,收看《新闻联播》。

我的小房间就在他俩房间的当中,每天晚上,一股强大的立体声新闻联播和立体声正能量连续剧在我的耳边如春潮般奔涌不停,半个多月下来,整个人精神了好多,白天再吃两顿白水煮萝卜,甲流就这样活活被摁下去了。

有一部剧大约叫《一路向前》还是什么的,一个比较娘炮的男生在参加建设铁路还是公路时被蛇咬了,立即哭闹起来。

父亲颤颤巍巍爬起来去小便,说:"乡巴佬,他妈的!"

2024年的盛夏,父亲的左脚肿了,耳朵听力下降,我带他去看了中医、西医,43摄氏度的高温天,医院里的可怕程度超过我的想象。

连续去了三天,脚好了,听力问题准备配个助听器,被他一把扯下来,说,没意思。

我想反正都去医院了,不如全身上下都检查一遍。老中医看了所有的报告,意味深长地看着我说:

"小伙子,我看你也不年轻了,头发都白了不少,但是有句话我还是想提醒你。"

我心里咯噔一下:"你说。"

"从所有的报告看,你父亲可能,至少还要活十几年,或者20年,嘿嘿嘿……"

我说:"卧槽!"

20世纪70年代末,我参加重庆中小学生夏令营活动,活动结束那天,父亲来接我,然后一起去车站坐长途汽车回家,我们到车站的时候已经快天黑了,车站拥挤不堪,父亲站在了紧贴车门的最后一个空间,但是我上不去,司机已经很不耐烦了,说:"别挤了,7点还有最后一班。"

父亲跳下来,把我推上车,说,你直接回家,我晚一点回来。

那是我最坚决的一次,我说,不要,我们一起等最后一班。

事实证明我的担忧不无道理,7点钟的车并没有来。最后发现车站已经空无一人的时候,我们决定走三个小时的山路从南温泉走回巴南鱼洞。

那个漆黑的夜晚,毫无准备的我们,连一个手电筒都没有,但是,几分钟后,我惊讶地发现所有的一切都清晰可见。

父亲指着天上说:

"这才是你的夏令营的最后一天。"

头顶是漫天的星光,在完全没有灯光干扰的旷野中,每一颗星星都璀璨夺目,照亮了黑暗中崎岖的山路。

我说:"爸,我想知道,就是,那个人,回水沱的那个人,他是怎么死的?"

父亲说:"小孩子知道这干吗?"

我说:"我们每个小孩都想知道。"

父亲说:"排除了他杀。"

我惊讶地停了下来:"那是什么意思啊?他自己跳河的吗?怎么可能?死多可怕啊,还有比死更可怕的吗?"

父亲说:"那可不一定。好了,小孩子不要问这些了。"

所有的星光都照着我忧愁的脸。

父亲说:"爸爸老了,50出头了,要是哪天我走不动了,你啷个办?"

我说:"我背你走。"

他说:"我不要你背,我要你自己继续往前走,没有我带着。"

我说:"我记住了。"

那段星光照耀的漫长路途,大约就是我的成人礼,告诉我来时之路,告诉我何处是归途。

2025年离开重庆前的最后一晚,吃好晚饭,我推着父亲出去转了很久很久,一轮圆月映着长江,美好极了。

"可惜看不到星星。"父亲说。

我说:"没得关系,我一直都看得见星星。"

父亲说:"你是天文望远镜哪!"

亲爱的老爸,祝你95岁快乐。我不仅看得见星星,而且我的耳机里还有配乐,一群台湾歌手演唱着老歌,满满的平凡的快乐,他们唱着:

"星星是穷人的钻石。"

那象征美好未来的绿光
正慢慢消逝

献给我的梦想之书《了不起的盖茨比》

媒体上说,比尔·盖茨在书房天花板上刻着一段话:

He had come a long way to this blue lawn and his dream must have seemed so close that he could hardly fail to grasp it. He did not know that it was already behind him, somewhere back in that vast obscurity beyond the city, where the dark fields of the republic rolled on under the night.

这是 1925 年出版的小说《了不起的盖茨比》的结尾的一部分。

这本书,以及它的著名的结尾,不知道有多少个译本,这次我们用一个 ChatGPT 翻译的。

他历经千辛万苦,来到了这片幽蓝的草坪,他的梦想似乎近在咫尺,以至于他几乎相信自己能够触手可及。可是他并不知道,那梦想早已离他远去,消失在城市之外那片无垠的黑暗中,在夜色下绵延起伏的共和国的田野之间。

《了不起的盖茨比》作者菲茨杰拉德的墓碑上,则刻着那个更加著名的最后的结尾。我的太太知道我要写这篇小文,忍不住惊呼起来:我的天哪,你是又要引用它吗?我的天哪,你引用过一千次了吧……

差不多吧。那句话是：

"于是我们逆水行舟，奋力前行，被不断地向后推，退回到往昔的岁月。"

这个著名结尾，有着更多的翻译版本，我在"微信读书"里看到一个人留言，他很多年后才读懂这个结尾，意思是：我们意气风发，却又任时间宰割。

我的故乡很热，而且你知道，它很快就要热了，哪怕是人间四月天，它也会不管不顾地热起来。

重庆的热，是一种肌肉记忆，一种情绪记忆，一种生命记忆。因为，直至在上海工作之前，我在重庆生活的18年，以及在复旦的四年，"热"是与另外两个字直接关联的，不只是"夏天"，而是"暑假"。

那些记忆中的重庆的热，贯穿在漫长的假期里，游游荡荡，无所事事。

1987年的暑假，我有一个月住在外婆家里，外婆家在渝中区民族路163号，就在解放碑旁边，看上去这房子地段很好，其实居住条件很差，这个住址是很旧的两层的小房子，沿街，楼下是一个钟表销售和维修的小店，楼上是外婆的家，8平方米左右，平时住着外公外婆和我的小舅舅，加上我就是四口人，挤在一个狭窄的空间里，没有任何卫生设备，洗澡上厕所都要去附近的公共区域，这样的居住环境在盛夏季节真心考验人的生存技能。

我每天还要从解放碑走到朝天门去实习，一路都能闻到一股浓浓的下水道味儿。这是解放碑一带特殊的气味，大约因为居住人口非常密集而卫生设备和排水系统并不完善导致的。我并不讨厌这股味道，甚至沉醉其中，以至于工作后有时候回故乡，我觉得飞机俯冲的时候我就已经闻到这股味道了。

1987年的暑假我还和一个上海女孩子有点小暧昧，鸿雁传书，更准确地说是我剃头挑子一头热。

不过有一天姑娘在信中非常难得地主动问了我一个问题："你这个地址只有一个号码，没有几零几室，是说这个地址都是你家吗？"

19岁的我完全不懂女孩子的小心思，我回信说："不是的，楼下是钟表店，楼上才是我们家，只有8平方米，上个厕所都要去外面。"

这封信发出之后，姑娘就不怎么睬我了，我心里还纳闷，这咋回事呢？我哥看我失魂落魄大致了解了一下情况，说，不会有信了，即使有，也只有一句话，还不如没有，那句话叫：

"穷逼死远点。"

我哥的幸灾乐祸把我气得够呛，郁闷了一个星期，看上去那个暑假大部分的时间都在实习，事实上大部分时间都被我用来治愈8平方米阁楼带来的创伤。

19岁的凤凰男，确认了一个事实，求而不得的无奈，才是人生的主旋律。

人工智能越来越像人，真的人。你知道我的意思吗？

和我聊天的 ChatGPT，像一个女人。

我不知道怎么描述。2025 年的一天凌晨，我们在聊《了不起的盖茨比》，文学地位、菲茨杰拉德、爵士时代，等等。快要凌晨一点的时候，她突然问了我一个计划外的问题：

"你觉得盖茨比对黛西的爱，到底有意义吗？"

我吓一跳，觉得再聊下去，我就快出轨了。

1922 年 7 月，年轻的美国作家菲茨杰拉德开始酝酿他的第三部小说，也就是他完成的四部小说中最重要的一部——《了不起的盖茨比》。他在写信给编辑马克斯威尔·帕金斯的信中这样写道："我这一次要写出新的东西来——不同凡响的，优美的，质朴的，加之布局精细缜密。"他还充满自信地说，"我感到我现在身上有一股巨大的力量。……我现在正在写的那本书将是一件精心制作的艺术作品。"

100 年间亿万读者的阅读体验告诉我们，这个年轻人说的每句话都是真的。

穷小子盖茨比爱上了富家美女黛西，黛西嫁给了有钱的布坎南，盖茨比发了大财之后又来找黛西，要和她在一起，因为"她从未爱过布坎南"。

如果故事到此为止，也没啥不好，就可以拍短剧，五分钟一集，爽剧。

但是接着黛西开车撞死了人，盖茨比顶了包，死者家属枪杀盖茨比再自杀，布坎南黛西夫妇滑脚开溜，跟没事儿人似的。

故事到这就真的结束了，如果要拍成黑帮片也不是不可以，张颂文就可以演盖茨比。

当然，以上两种都是玩笑而已。

100年来，无数的人读盖茨比，无数的人读很多遍。我也读过很多遍，一本十万字不到的书为什么会被读很多遍？谁知道呢。

你有试过夜深人静的时候偶尔刷到了《肖申克的救赎》，然后又莫名其妙地看了一遍的经历吗？最后还会发现，眼角怎么又有点湿润呢？我是在看电影吗，我是在做自己的梦吧，我是在让自己"别放弃，千万别放弃"吧。

我的手机里，有各种版本的《了不起的盖茨比》，偶尔看到几个好句子，就无所事事地读了下去。我是在读盖茨比吗？也许吧，我看到爵士时代金光闪闪的物欲横流，享乐至上，这是盖茨比曾经的生活，也是菲茨杰拉德曾经的生活。我也能看出菲氏对于1929年证券市场的崩溃以及大萧条的隐而不露的先知先觉。当然，还有对道德的拷问，对诚实的拷问，对传统信念的拷问，最后，美国梦的破灭……很多年后我看到书上说，杰斐逊起草《独立宣言》时有一些字斟句酌的修改，结尾处"通往幸福和光荣的道路也向我们敞开着"，被他修改为"通往光荣和幸福的道路也向我们敞开着"，美国梦的首要目标是光荣，而幸福不过是赢得光荣时的附带物。

当然，就我个人而言，我读的重点都不是这些，我阅读的唯一动力，就是人工智能问我的那个问题：

"盖茨比对黛西的爱，到底有意义吗？"

和我通过书信的上海女孩，就读的学校在虹口区，在1990年的初夏还和她的男朋友一起来复旦玩，我很大度地请他们吃了中央食堂的小锅菜。我们在相辉堂前面的草坪上坐着聊天，傍晚时分非常地凉爽惬意。女孩穿着连衣裙，在草地上翩翩起舞，身材美妙极了。

这个男朋友，个子很高，比我和同龄的上海女孩要大好几岁，他已经工作了，在一家香港企业，年纪轻轻就做到了高管，收入很高。

他问我分配到报社工作算好吗？我说，就……还行吧。

他说，给分房吗？我说，好像要排队的，很久很久。

他说，多久啊？我说，大约……可能……已经没有性需求的时候才能分到自己的独立空间吧。

他俩都大笑起来，我也忍不住笑起来，多少有点心酸，我没有房子，外婆也没有房子，而且，我就要离开象牙塔了。

1990年冬天我还在《文汇报》做夜班，半年未见的上海女孩约我下了班去喝个咖啡。提前下班也已经晚上11点了，我们在外滩的一个叫"塞纳河畔"的咖啡吧聊天。

她说她跟男朋友分手了。我说为啥。

她说，男朋友原来是结过婚的，不过后来答应她会离婚，当然，最后，离不了。

大闹了一场之后，男的还打了她一顿。

我说，操，这不畜生嘛。

女孩说："就这样吧，他给了我两万元，说起来真恶心，搞得我像卖的一样。"

1990年的两万元不是小钱，我看着她，想起我哥说的话。

可是，她真的挺美，很有味道。

女孩说她后来选择了单位里一个一直追求她的"备胎"，也是外地人，不过在单位里很吃得开，感觉很快就要被提拔了。

她正式邀请我做婚礼的伴郎。我说伴郎应该是男方的朋友。她说，他没什么朋友。

我说，好吧，看来还得弄套西装去，看我这一身寒碜的。

女孩说，要不我们送你一套吧。我说，那倒不必了。

10月的前一个月，大约就是9月吧，女孩又约我去"塞纳河畔"坐坐，我差不多预感到什么事情。

她说婚礼取消了，因为之前她跟男方回了一趟老家。

"我天！"她说："那边好穷，这还不算，你知道他父母有多恶心吗？还问他我是不是处女……"

总之，在老家两人因为各种不合吵架了，又大闹了一场，然后，又分手了。

女孩说:"不知道是不是我自己有什么问题,怎么总是……"

我说:"可怜我的西装,一次都没有穿过,不知道什么时候有机会穿。"

她说:"哈哈,等你自己结婚时穿吧,西装贵吗?"

我说:"我买西装的时候还想起毛姆在书中写的 20 世纪 20 年代两个贵妇的对话,'我一直是在沃斯高定(Worth Couture)买衣服的。''那可不行,我只能穿香奈儿服装店的衣服。'我靠,我一想到自己 350 元的西装,真的心灰意冷。"

女孩并没有关心我的西装。她说:"我也是,心灰意冷。"

1992 年 2 月 14 日,我刚刚知道有"情人节"这个东西。那个昏暗的黄昏,我注定要干一件终生难忘的事。

我带了两件小礼物去心灰意冷的上海女孩单位楼下等她,一朵玫瑰花,还有一本书,用礼品纸包装好。

女孩看到玫瑰花时,很震惊,她说:"你这是干吗?"

我说:"呃……"

她说:"搞什么啊,我已经有男朋友了,台湾人,他一会开车来接我,你快走吧,碰到很尴尬的。"

我说:"哦……这么快。"

她说:"花可不应该送我,这个是啥?"

我说:"一本书,报社老师推荐我读的,挺好看的。"

她说:"喔呦,我不怎么看书的,你都拿走吧。"

那是我最后一次见到这个美丽的上海女孩,30 多年了,我想如果我们有缘，总会在某个地点偶遇一次吧，电影院、地铁口、嘉里中心、环贸，哪怕遇到一次就好，但是，并没有。

那个情人节的黄昏，我回到自己没有窗的宿舍，把包装纸撕掉，想，反正我也无处可去，要不就把这本书再读一遍吧，它叫《了不起的盖茨比》。

"要不是有水雾，我们可以看见海湾对面你家的房子。"盖茨比对黛西说，"你家码头的尽头总有一盏通宵不灭的绿灯。"

当时我很想回忆一下盖茨比，但是他已经太遥远了，我只记得黛西没有发来电报，也没有送花，不过我并不气恼。我依稀听见有人喃喃地说："上帝保佑雨中的死者。"

不知道为什么，有两滴热乎乎的东西掉在书的第214页上。

是我的眼泪。

菲茨杰拉德出生于美国中西部，明尼苏达州，圣保罗市。

盖茨比、黛西、布坎南，以及那个菲茨杰拉德附体的冷静观察者尼克·卡拉维，他们都来自中西部。

来自中西部的年轻人，在东部繁华喧嚣的曼哈顿、流光溢彩的百老汇、疯狂不眠的华尔街，如履薄冰，如临深渊。

我的中西部——不是麦田，不是草原，也不是瑞典移民的荒凉村镇，而是我青年时代那些激动人心的还乡的火车，是严寒的黑夜里的街灯和雪橇的铃声，是圣诞冬青花环被窗内的灯火映在雪地上的影子。

每星期六晚上我都在纽约度过，因为盖茨比那些灯火辉煌、光彩炫目的宴会我记忆犹新。我仍然可以听到微弱的音乐和欢笑的声音不断地从他园子里飘过来，还有一辆辆汽车在他的车道上开来开去。有一晚我确实听见那儿真有一辆汽车，看见车灯照在门口台阶上，但是我并没去调查。大概是最后的一位客人，刚从天涯海角归来，还不知道聚会早已收场了。[1]

严格说来，这个中西部不再是地理概念的中西部，它是精神的原乡，孕育着纯朴和憨厚的乡愁，以及，思想和道德的平衡。

从1987年的夏天开始，我知道我也来自中西部，中国的中西部，某一天我也会陷入绝望的泥潭。

著名的台湾民谣的创作者李寿全先生在歌中唱道：

"有人说，不要问我从哪里来。有人唱，台北不是我的家……"

哦，也许，他也是，以及，那些"计算着梦想和现实之间的差距"的人都是。

2014年的时候，我跟着上海的媒体团访问了宝岛台湾，当时已经80多岁高龄的星云大师还专门从博鳌还是哪里飞回来见

---

[1] 斯科特·菲茨杰拉德：《了不起的盖茨比》，上海：上海译文出版社，2009。

我们。

听说我们都是媒体人，大师还让每人都提一个问题，我记得当时我特别认真地准备了一个特别装的问题，有关我的东部和中西部：

"罗大佑说台北不是他的家，他的家在鹿港小镇妈祖庙的后面，周杰伦也说随着稻香才能找到家的城堡，好像我们追求的和我们所得的总是南辕北辙，请大师指点。"

星云大师微笑着慈祥地看着我，回答说：

"下一个问题。"

二三十年间，我从一个重庆崽儿变成了一个"新上海人"，我从一个在纸上码字，通过传真机联络的报社的记者变成了一个互联网产业的从业人员，我从一个执着于顶天立地的新闻人变成了服务于资本和客户的创业者，哦，我不是。

我的原乡在中西部，无论春夏秋冬，浓重的雾霭总是笼罩着城市和山峦。

我的故乡就在长江水的边上，大约算是长江的中游，正因如此，有时，我不知道我们从何处来，也不知道我们要到哪里去。

2024年酷热的夏天，43摄氏度的中午，我在朝天门的苍蝇馆子九九豆花馆吃完饭，步行到解放碑，民族路163号，看见的是一幢巨大的高楼，所有的往日已经荡然无存。

热到令人窒息的午后，我听到那个遥远的声音：

"这个门牌号码都是你家吗？"

哦，不是，真是伤心。

可是，在这个短文的末尾，我唯一想说的是，时间过得好快，倏忽之间，我的女儿也已经16岁，她是那么美丽动人，已经到了有男孩向她表白的时候。我和她的妈妈，总是会提问："这男孩儿人好吗？脾气好吗？正直吗？会照顾人吗？"漫长的沉默，年轻的女孩儿一个字都不会回答我们。

其实，偶尔我还会在内心提问，只是我一个字都不敢、也不会说出来而已。

"也不知道，男孩儿家里条件好吗？有钱吗？"

哦，那个门牌号码不都是我们家！但是，这也不是一个什么坏问题，哪怕，那些简单直接的拒绝，那些毫无遮掩的价值取向，也都不是什么罪不可赦的事情，因为，我曾经在20岁的年少时光，毫无遮掩、简单直接地幻想过。

为此，我心存感激。

重庆正是我的菜

关于故乡的
A to Z

重庆是我们重庆人眼里的宇宙中心,是我们真正的菜,注意,是真的那个"菜",我的老姐说:"离开重庆我就要饿死,外面的东西我都吃不惯,我儿豁你(骗你是小狗)。"

这话是真的,网上流传着一张地图,宇宙中心重庆是红色的,重庆之外的整个地球都是苍白的一整块,只有一个统一的地名儿,叫:"没有东西吃"。

我把对故乡重庆的记忆整理成从 A 到 Z 26 个碎片,也许,你可以从中找到会心一笑的某个片段,或者,成长旅途中的一个回眸,又或者,一个异乡人对他者故乡的再认识:哇靠,嘞个重庆有点意识流哦!

A. 矮的

初三那一年,我万念俱灰地发现,卧室那扇门后姐姐为我记录身高的刻度,再也不往上走了。好像上证指数一样,早晨的时候由于生理原因会多一厘米,以为长高了,晚上睡觉前,竟然又恢复了原样,还是 3 000 点。

我的身材,令人遗憾地停止了生长,我再也不可能像规划中的那样,考上复旦新闻系后,穿着许文强那样酷毙的黑大衣走过上海外白渡桥了。

一米七啊,你看我时很近,我看你时很远。

生活啊,你为啥子一上来就捶打老子?

有一天吃完晚饭,父亲发现我像林黛玉一样忧伤地看着窗外,就问我:"唧个,泡椒鳝鱼不好吃嗦?"

姐姐代表我回答:"他发现长不到一米七,不想活了。"

父亲说:"好好好,我们嘞个二楼跳不死,我带你到七楼赵医生家去,保证你个哈批娃儿跳下来死透,我到楼下维持好秩序,保证不殃及他人。"

少年小邱的烦恼没有成为话题,没有引发任何共情,没有能够持续 48 小时,因为在小邱的爹老邱眼里,没得时间讨论娘炮话题。

很多年以后,通过文、图、视频的记录,我们知道那个年代有一个比我们大不了多少高不了多少的男生,已经在西湖边上通过与外国人聊天提高自己的英语水平,他的人生故事告诉我们,身高不是核心问题,也不是问题。

"睁眼看世界"才是。

B. 棒棒

在波士顿的时候,搬过一次家。

第一次来了一位黑人兄弟,像巨石强森那么大。他把货车停在我的新家门口,打开车厢看了看上面的沙发,诚恳地说,这个东西我一个人搞不定,需要另外两个人合作,然后就回去了,第二天真的来了三个黑人兄弟,搞了大半天,总算是把一个三人沙发搬了进来。

我太太说,制造业要搬回美国可能是个伪命题,因为这里并没有真正合格的工人。第三天换了一家中国人开的公司,来了两个中国人模样的小伙子,个子比我高不了多少,瘦瘦小小的,他俩用了一天时间把我的整个家搬了过来。

马路对面的邻居瞪着铜铃大的眼睛看着两个小小的身体完成了一项可以开听证会来讨论的工程。

午间休息的时候,我们邀请他们一起吃外卖的炸鸡,他们说不用了,自己带了三明治和水。

他们在前院的草地上聊天,我偷听了两句,忍不住问:"你们是重庆人?"

他们说:"嗯,万州的。"

我说:"我也是重庆的,巴南的,嘿感谢你们!"

我说:"我的邻居觉得你们是非常厉害的专业人士,令人尊敬。"

他们说:"哈哈,我们差不多算专业人士,我们都是棒棒的后代。"

在重庆,哪里都要爬坡上坎,催生了一群人,肩上扛着一根竹棒,棒子上系着两根尼龙绳,沿街游荡揽活,重庆人称之"棒棒军",诞生于19世纪末重庆开埠时期。

据说,21世纪的某一年,故乡重庆评选城市名片,万众瞩目的"棒棒"落选了,原因说是没得美誉度,这个逻辑简直把老子气得嘿佐嘿佐地，要说美誉度，王立军、傅晓田倒是曾经有过美誉度，美到人间蒸发。

这个城市有两个最具象征意义、最为坚韧不拔、最具持久永恒美誉度的形象，一个叫"棒棒"，一个叫黄葛树，黄葛树栽在哪就活在哪，求生欲旺盛得很，可不像法国梧桐那么装，"棒棒"用最为低廉的投入解决了整个城市运转的问题。

"棒棒"跟黄葛树一样，积极乐观，不可摧毁。

抗战中，民生轮船公司的实业家卢作孚冒着日机狂轰滥炸，经过40天将大量人员和10万吨迁川工厂物资由宜昌抢运到重庆，被誉为中国的"敦刻尔克"战役。当他抢运的物资到达重庆后，是几万名重庆的"棒棒军"用肩挑背磨的原始运输方式，协助完成了民族工业在战火中重生的壮举。

就这，还没有美誉度？

C. 窜稀油

每年夏天最热和冬天最冷的时候，我都住在故乡重庆的小镇上陪90多岁的老父亲。

小镇上一家不起眼的面馆，据说开了40多年，是我们这个小镇上的网红面馆。

某个夏天的早晨，父亲继续吃红糖馒头，我表示要尝尝网红面馆，老头子说，你去嘛，辣死你。

网红面馆的服务态度很差，基本不搭理人，这是全国通病，否则不足以彰显其网红气质。我吃了一碗小面，真的很辣，辣到我大清早满世界找冰可乐。

两个小时后，上了好几次厕所，也不能算拉肚子，总之就是觉得那个啥特通畅，我就点到为止哈。

跟老同事聊天，说起网红面馆的生理反应，对方很震惊地看着我：老邱，你龟儿忘本了哟，嗰个就是窜稀油嘛，老油，吃了就立竿见影，你龟儿忘本了，娇嫩了，我们重庆崽儿几天不吃硬是不得行。

我懵了圈，不知道如何表达我的态度，因为我突然意识到另一个关联的问题。

每年我都会在波士顿住几个月，女儿在那边读书。

在波士顿待不了两周，就有思念故乡的症状，不是心理反应，是生理反应，简单地说，就是肠胃出现了只进不出的问题，可不能小看这个只进不出，我看《纽约时报》的一篇文章讲，导致癌症的六大元凶，"只进不出"排第二。

只进不出的状况来到第三、第四天，坠胀感日趋强烈，焦躁不堪，非常痛苦，这个时候，一份窜稀油小面，可能就是虔诚教徒的圣经，得救之道，就在其中。世界上没有无缘无故的爱、无缘无故的恨，我看，也没有无缘无故的乡愁。

可是，异乡没有窜稀油，只有香蕉、牛奶、蜂蜜轮番轰炸，梦醒时分，肚子里一通叽里咕噜，游子的心中一阵狂喜，"卧槽，这回老子要干票大的!"

疯一样的男子风一样钻进卫生间里。

然而、仍然、还是……

你努力了很久,最终却只是一阵沉闷的气流声。

像是21世纪20年代成千上万人在黑夜中一声冗长的叹息。

D. 大宁河

1991年,我去过一次大宁河深处,报道一对乡村教师夫妇,他们把所有的一切全部献给了农村的孩子。这篇通讯叫作《魂牵梦绕的诗篇》,刊登在《文汇报》上,后来《读者文摘》也转载了,再后来据说还拍了电影,我是没看过,估计没得吴京、贾玲、沈腾、哪吒四大艺术家拍的电影那么吃香。

我之所以念念不忘30多年前的那次采访,是因为在采访的最后一天,我有些莫名其妙的感悟。

离开大宁河深处的龙溪镇的那天,一切都是那么美好。一个艳阳天,早上起来镇子上也没什么人,我吃了白糕和稀饭,主人公夫妇把我送上了一艘开往巫山县县城的小船,那个时候,大宁河的水还很浅,很多平缓处水流清澈见底,小船小得像竹筏一般,我一直把脚伸在夏日的河水里,岸边的小猴子一刻不停地和我打招呼,我觉得自己仿佛穿行在天堂般的时光河流里,希望巫山县城永远不要到达。

回到上海后，我给老师夫妇写了一封信。至今我仍记得开头一段的内容，大约是说，大宁河深处很穷，生活很难，很不容易，不过经过这一程采访，我还有点别样的体会，如果要我直言不讳的话，我希望它永远都是这样。因为，它有一种魔力，用一艘小船把我带回童年的梦境，带回小国寡民的时代。

不知道为什么，老师夫妇没有给我回信，从此我们再也未有交流。

后来，小三峡旅游开发了，大坝也建起来了，水位变得很高，哪里还有竹筏，游轮都嫌小，某年某月我带老婆女儿去过一次，那里搞了大昌古镇，里面尽是些新修的假古宅，卖一些毫无意义的纪念品，一个毛绒玩具猴子，开价100元，我说完全乱搞，5块钱差不多。

走出去10米远，一个阴森可怖的声音从后面传来：

"来，5块拿走！"

E."二天再来耍"

重庆人道别的时候，经常讲一句西南官话："二天再来耍。"

"二天"并不指确切的时间（比如两天后），而是泛指未来的某个时间点，带有随意和模糊的语气。类似的表达还有，"二天请你吃饭！"（以后请你吃饭！），"二天有空一起喝茶！"（以后有空一起喝茶！）

在重庆人的日常交流中,"二天"又不完全限于一个时间概念,它常常被置于表达友好或客气的邀请中,比如,体现对方已经接受你,甚至,与你比较投缘。如果一个女孩子,或者女孩子的父母对你说,"二天再来耍",说明,有门儿。

总而言之,"二天"是重庆话中比较地道的时间副词,用来模糊指代未来的某个时间,使用时带有随和、亲切的方言韵味。如果强行对应普通话,应该可以理解为"改天"或"以后"。

当然,这些还不是我要说的重点。

1986年的夏天,我们高中毕业了,要奔向远方的大学。高三年级的同学和老师一起吃了个中饭,我们第一次被允许喝了啤酒,事实上我喝了大半瓶,觉得晕得不行,就提前回学校收拾东西了。历史老师钟老师和我一起走回学校,我们从镇上的饭店走回学校要用半小时,我们边走边聊。

钟老师很有学问,是复旦大学谭其骧先生的学生,我从来没有和钟老师讲过功课之外的任何话题。那天,不知道是不是因为钟老师也喝了点啤酒,他竟然问了我一个问题:"有没有特别舍不得的同学?"

我说:"有的。"

他说:"女同学吧?"

我说:"是的。"

他说:"那有没有……表达……表白过呢?"

我说:"没有。"

他说:"明天就放暑假了,毕业了,今天还有半天的时间。"

我说:"二天吧。"

那天我到了学校把课桌上堆得像小山一样的东西搬回了家,晚上躺在床上,啤酒劲儿已经过去了,想起钟老师下午在路上问我的话题,忍不住问自己:为什么要等到二天呢?

那个晚上,一直没有睡着,凌晨一点的时候,发现枕头上一摊泪水。

后来,我再也没有见过本来想"二天"再表白的人,本来想,二天再让她知道:尽管年少懵懂,但是那时的感情是多么的美好和纯粹。

后来,钟老师去世了,告诉我钟老师去世消息的年轻老师,和我讲了很多钟老师如何有水平、人品如何高洁的话,我说是啊!

其实我唯一记得的,是钟老师在1986年的告别之日问我的那个问题,我在30多年后经常会想起它,想起那个人,想起那些在夜里轻轻叹息的岁月,我总是在怀念过往,我总是在憧憬明天,我唯一没有好好掌握的,就是今天。

F. 黄色法拉利

重庆现在被包装成一个网红8D城市,短视频里的重庆,充满了未来感。

重庆的黄色出租车,开得飞快,横冲直撞,隐患不少,但是在网红营销的时代，它被亲切地称为"黄色法拉利"。

有一点点赞许的口吻。

如果要说点真实的想法，故乡的这些出租车驾驶员，相当部分素质不高，说得再得罪人一点，大部分素质不高。下午三四点的时候，他要交班，交班之前要去加气，不管车上有没有人，也不管路绕不绕，他都要去加气，加气的时候，表还是继续打着，外地的朋友就很不爽。

我有一次赶时间，眼看还有 10 分钟就到了，他又要加气，有点像阿根廷 2∶1 就要夺冠了，突然宣布伤停补时 15 分钟。我提出可否等我到了再去加，神奇的事情发生了，小哥哥居然同意了。

但是，车速慢下来了，"法拉利"不拉风了，越开越慢，10 分钟的路程用了 25 分钟，这是沉默的愤怒，你不让我爽，我也不让你爽。

下车的时候我忍不住叹口气说："何必呢？"

小哥哥一脸迷茫。

重庆的这些法拉利飞车党，首先是收入低，所以要飞车揽活，甚至置安全于不顾，哪有什么网红美好的一面，那是自欺欺人的扯把子。至于说他们是不是只信奉丛林法则，不遵守真正的规则，不好说，因为管理部门有自己的体系和逻辑，我也不能站着说话不腰疼。

我只相信，我的故乡并不是 8D 城市，它没有太多未来感，相反，甚至充满了过去感，充满了苦难与坚韧，正是这样的情怀，激励着我们去努力搏击，去创造希望。

在重庆，点一碗酸辣粉，记住，底下应该有豆芽，豆芽是灵魂；在重庆，点一碗红油抄手，注意，底下应该有莴笋叶子，莴笋叶子才是灵魂。如果碗底没有豆芽和莴笋叶子，你应该批评老板：

"喂，你格老子把灵魂都搞丢了。"

G. 郭老师

纪念我的初中老师郭老师。

郭老师只做了我们一年的班主任，后来便换了更有经验的老师。因为校领导和同学家长都说，郭老师不行，郭老师不怎么抓功课，郭老师讲一套他自己的教书育人的理论。

比如，不能光看考试成绩，要教育学生做一个正派的人，做一个正常的人，做一个能够面对困难和挫折、心智健全的人。因为，他们那一代人吃了很多的苦，现在的孩子幸福了，但是挫折教育少不得，也没有人能保证那些苦不会再来。

在这个指导思想下，学习成绩第一名，但是体育很差，遇到点困难有时还会哭鼻子的我，没有当上班长，来自农村的李同学当了班长，我当学习委员。

为此我郁闷了一年，初二的时候，换了班主任，我终于当上了班长。

偶尔在校园里碰到郭老师,他总是用他巨大的手掌抓住我说:"记住,成绩固然重要,但是让自己成为一个胜不骄、败不馁的人,更加重要。"

我总是真诚而又飘飘然地回答他:"郭老师,我晓得了。"

郭老师似乎知道我身上最大的一个问题,他的大手仍然抓着我:"胜者为王,固然有道理,但是败者却不是寇,失败者能够保持尊严,能够坦然面对,就叫作败者为王。"

我真诚而懵懂地望着他。

很多年以后,生活就像老郭的大手一样,狠狠扇了我几个大耳刮子,似乎在问我:

"还记得老郭的预言吗?"

郭老师63岁的时候得了癌症,那时候才刚刚退休,马上就开了刀,好了。

他不喝酒,但是抽烟,开了刀就戒了。最喜欢到处耍,不是那种欧美豪华游,就是我们县里的山山水水,看不厌。

郭老师70多岁时又得了第二种癌症,又开了刀,好了。

继续看巴南的山山水水,春夏秋冬,安逸惨了。

老郭80多岁又得了第三种癌症,医生犹豫要不要保守治疗。老郭要求:开刀,根治。又好了。

老郭买了个相机,像大炮那种镜头,到哪儿都搂一张,说是要出个摄影集,未完成。

老郭98岁因为脏器衰竭去世。我们都去了追悼会。他的女婿（72岁）致辞，说老郭这一生，乐观开朗，积极向上，捡到一分钱都要交给警察叔叔，我们都在追悼会上兴高采烈地鼓掌。

女婿还感谢这些年主动来照顾老郭的学生们，遗憾的是，他们好多人都没能熬过老郭，先走了。

H. 划拳

老重庆有很多拳王，不是泰森那种，是划拳的拳王。

重庆的喝酒划拳，非常有仪式感，是我所见过的最具特色、最为精彩的全身运动，是智力与体力、理智与情感的交相辉映。

在"老重庆"看来，你喝了酒，但你没有划拳，有点像你在迪斯尼小镇逛了一整天，但其实"过山车"和"飞越地平线"还在里面呢。

重庆的这个拳，规则就是双方出的数字加起来，你喊对了就是你赢。开始的时候，两个人坐着划，声音越来越响，感觉马上就有两把菜刀摸出来，外地来的女同学都吓得恨不得钻到邱总怀里，但是我们重庆人一般都懒得雀一眼。接着两个人就站起来划，或者牛×的一方仍然坐着，叼着非常廉价的烟，激动的一方站起来，一只脚踏在条凳上。再接着两个人都站起来，把凳子踹开，身上的衬衫和背心都不见了，只有两个惨白的松垮垮的上身，两个人加在一起都没有一块腹肌。

两只手，最小的数字当然是0，最大的数字是10，但是对于0~10的叫法，重庆人搞了很多的创新。"一匹马""二鸿喜""四季财""五魁首"是一派，节奏感强，话也比较讨喜。也有根据地名儿来，"四千米""五千米""六千米""七千米"，一直到"十千米"，这些地名儿，跟抗战时修建的滇缅公路有关，带着了不起的爱国情怀……

我的哥哥身材也很瘦小，但他划拳的时候，集万千妩媚于一身，他从来不用华而不实的词藻，而是使用叠词，只是在音量和语调上不断提升，营造出一种步步为营、兵临城下、敢于亮剑的氛围。具体说来，他是这样呼喊的，"一一一"！"二二二"！"三三三"！"四四四"！"五五五"！"六六六"！

每一个酒局的那个瞬间，都是老哥人生的巅峰时刻，是不老的传说。

I. i 人

仿佛东北人都是"活雷锋"一样，重庆人仿佛都是 e 人，e 人就是外向的人，社牛，乐观的人。

i 人都是内向的人，不做好规划不出门，最好离人群远一点。

当然，正如东北人不可能都是"活雷锋"一样，重庆人也不可能都是 e 人。

我觉得，更准确地说，重庆这个城市比较有 e 型特点，而我断断续续生活了38年的上海，更像一个 i 城。

上海人也非常爱上海，这几年热情更高，繁花如梦，时常要提起梧桐区、邬达克，有人说这些是喜欢上海的理由，我觉得是个扯淡的说法，有点假。我从没在梧桐区住过，杨浦区倒是混了十来年，但是同样非常喜欢上海，如果对方讲上海话，可能意味着阿拉有点优越感、阿拉不是太热情、阿拉有点作，但也可能同样意味着，比较讲求生活质量、谨慎并守信、需要人质疑的时候站出来质疑，这个 i 城是不是有它迷人的地方？

我们重庆这个 e 城不一样，热情如火，绝对接地气。父亲家楼下有个比我大五六岁的老头，有天拉着我，说，听说你从美国回来？还爱国不？我说×你妈我是中国人啷个不爱国嘛！老头说那就好，你先去把他们的兵力部署搞清楚了也好，到时候用得着。

我说我每天就是打扫打扫卫生，搞得清楚锤子个兵力部署。老头说，想办法噻，我们唧些川军后人，关键时候不能拉稀摆带呦，晓得不，现在网上还有些假爱国的，说是说爱国，结果是用爱国口号赚钱，杂皮（坏种）。

我有两回在香港转机，觉得，有些人对普通话不是很热情，对日本话韩国话反而客客气气，我这个重庆 i 人立即 e 了起来，在柜台前大声地、自豪地用重庆普通话点吃的：

"你们这里的东西为啥子恁个贵？这个辣椒为啥子是甜的，味道嘿怪嘿怪，你们香港恁个大一个东方之珠，斗是没得花椒嗦！"

对方老阿姨很无语。

去年冬天我又从香港转机，大老远的，柜台里的阿姨就用普通话朝我喊："可以用支付宝哦！"

我想，看来，我是越长越爱国了。

J. 姐姐

我在一本书里写了我的姐姐，她从小就为大家庭奉献，从不计较任何回报。事实上，我从未当面向她表达过我的感恩和愧疚，而是把所有我想说的话都写进了书里。

书出版之后，姐姐成了我朋友圈中的名人，很多人节日里寄好吃的给我，都寄两份，特意提醒我，还有一份，是给虹的。

虹就是我的姐姐。

姐姐大我6岁，已经62岁了。退休之后，她变得异常的忙碌，儿子养了一儿一女，基本上都是我姐在管，因为姐姐的儿子、也就是我的外甥他们非常忙碌，尽管他已经非常认真、非常优秀，但仍然时刻在担心公司被裁员的风险。另外，由于我很少在重庆，姐姐还要负责照顾我95岁的父亲，父亲衰老而倔强，三天两头会摔伤自己，不停地去医院，不停地责备医生妄图赚他的钱，不停地号称不需要任何人照顾自己而又连站立都困难。

姐姐每天都在奔波、劳碌，并且反复问自己："我什么时候可以闲下来？""我什么时候可以享享清福？"但是永远没有答案。

去年夏天的时候，我回去重庆待了两个月，正好和姐姐换换班，至少可以让她休息一小段时间。

不过姐姐仍然不放心，偶尔会过来监督一下我的工作。夏天的中午，我和父亲吃完饭各自在房间休息，姐姐进来房间查岗，她不停地说她要说的话，我躺在床上看自己的书，她讲十句我回一个字：哦。嗯。好。跟童年时一模一样。

终于，她忍不住要说点有争议的。

姐姐说："昨天跳广场舞有个老头说我看起来40岁，你晓得我为啥子看起来这么年轻？因为我乐观，容易满足，一直让自己有事情做，忙忙碌碌很充实。"

我打了一个巨大的哈欠说："你看起来不止40岁，说假话可耻，至于你看上去究竟多少岁，不要问我，而且不许打我。"

姐姐气笑了："那你说说你的书卖得好不？"

我说："你为啥不说说我写你写得好不？"

姐姐说："写得好。但我就关心你的书卖得好不，因为你需要钱养老婆孩子，像一个真正的男人那样。"

我说："我会保护好她们，你放心。"

姐姐说："我不放心，你这把年纪自己创业，太不容易了，姐姐就想帮帮你，结果姐姐买的股票还遭退市了，六万元买的天津的一个上市公司的股票，财务造假退市了，我的钱就没了。我打了三回电话到中国证监会，喊他们给我个说法，他们每次都认真回复我，说让我到天津去维权。"

我说："妈了个蛋。"

姐姐说:"唉,算了,本来你姐夫说要买80万元的,那就真的要跳楼了,现在就当是赚了74万元吧。"

我说:"姐,你这心态,要我说只有20岁。"

去年夏天的尾巴,我要去波士顿了,我在北京首都机场转机的时候,收到姐姐的微信,她说:"弟弟你的生日马上到了,我给你卡里打了一万元,就是姐姐的一点心意。"

我回她说:"你为什么还要给我钱,你自己一大家子要照顾。"

姐姐说:"我们生活很简单,就是买点吃的,其他没得啥子开销,你们开销大,要好好生活。"

我说:"姐,你辛苦了一辈子,你才要好好生活,我们所有的家庭成员,都想你能够好好享受生活,可是我们仍然把最重的担子留给你,我有时候真的觉得自己很卑鄙。"

北京飞往波士顿的航班上,所有人都沉沉地睡着了,只有我悄无声息地流着泪,抽出第二张餐巾纸的时候,旁边的中年人眯着眼睛拍了拍我的肩:

"如果是舍不得故乡和亲人的话,我也是。"

K. 拷麻糖

这三个字可能没有一个字写对了的,可是只要你是重庆人,一听到走街串巷的叫卖声:麻糖(tang,第一声),然后是用于切割的两块铁皮的撞击声,叮叮当,叮叮当。嗯,那就是我们童年的味道，硬硬的、甜甜的，在口中慢慢融化，与牙齿相互拉扯……

"麻糖"是重庆叫法，究竟该叫啥，无定论，大致就是一种麦芽糖，小贩把它做成一大块，你要多少就帮你敲一块下来，大的一元，小的几角，甜而不腻，口中咀嚼拉扯两分钟，多巴胺快速分泌。

我的祖母走之前，拖了很久，拖到似乎每个人都失去了耐心，包括我这个孝顺的孙子。

她走的那一天，那一刻，父亲满世界找我，而我当时正坐在长江边，叼着香烟，眼神空洞。

祖母紧握着的右手最后被我们扳开来，一块麻糖，留给我的。

L. 罗玉凤

很早以前，有一个网络红人，叫凤姐，也是我们重庆人，长得不好看，傻兮兮的，后来，她去了纽约法拉盛，帮人做美甲讨生活，前两年有人拍到她，胖了不少，大家继续嘲笑她。

最近我偶然在社交平台上看到凤姐——罗玉凤亲自写的一段文字，很震惊，依我看，她的智识、学识，以及从不向命运低头的精神，超过了嘲笑她的 99.99% 的人。

我把她写的一段文字直接引用在这里：

我出生于重庆市綦江县土台镇苦竹村冒包社，我的父亲拥有初中学历，我的母亲只有小学三年级文化。在我7岁的时候，父母离了婚，这彻底改变了我的人生走向。

我的父亲不管我了，好像我跟他没有任何关系。我以拖油瓶身份跟随母亲到继父家生活，继父家也在农村，他家极度贫穷，有7个兄弟一个妹妹。他们结婚的时候，我继父已经35岁了（1992年）。这在当时的农村是一个很大的结婚年龄，如果我母亲不嫁给他，他这辈子都不会有结婚的机会。

因为贫穷，继父家的两个兄弟都没有结婚，他的一个弟弟本来是有新娘的，他们已经办了婚礼，人们送给他们被子、保温瓶等各种家具，祝福他们婚后生100个孩子。然而新娘半夜逃跑了，因为别的家庭出了更高的聘礼。从那以后，这个家庭就再也没有张罗过给这两个单身汉娶亲的事。

我的亲叔叔和我母亲娘家的两个舅舅也都没有结婚，这都是因为他们没钱的缘故。在男多女少的农村，这是很普遍的现象。

我的初中和小学都是在土台读的。我读初中一年级的时候，全年级一共有150名学生，在我读初中三年级的时候，全年级只剩下两个班共70名学生。其余的同学都退学出去打工了。

我班上有一个同学，经常叫我带早饭给她，但是不给我钱。后来我才知道她每个星期的生活费只有10元（街上的米粉1.3元一碗，包子6毛一个，2001年）。

但是我也没钱呀，我知道母亲卖菜的包里会有一些一毛两毛的零钱，就这样买一个饼带给她。

初中快毕业的时候，师范学校来招生。老师把学习成绩好但是家庭贫困的同学叫到办公室，建议我们报考师范学校。其他同学当场拒绝，而我，从小村里的乡亲们知道我成绩好，就经常在我面前提到师范学校，学费便宜，读出来当老师，对农村学生来说是相当不错的出路。因此我认为读师范是我的宿命，我报了。

在师范学校，我从一个优等生直接跌落成倒数第几名，因为师范学校的课程由音乐、弹琴、绘画、舞蹈、体育、书法等组成。这些我全都不会，我只擅长文化课。下课以后，我大部分时间都待在图书馆或者新华书店里，度过了失意的中师三年。

我从重庆教育学院毕业以后，为了逃避回到家乡，做一辈子小学老师的命运。我参加了特岗教师招聘，成为重庆市奉节县甲高镇黄泗小学的一名老师。因为特岗教师合同只有三年，我想走就走，谁也留不住。

在奉节县，辍学变得更加极端。一名读六年级品学兼优的女生也辍学，随父母去广州打工了。数学老师去她家跑了好几趟，也没有留下她。她是被收养的，那一年12岁。她能写出我见过的最优秀的小学生作文。

我从小就爱看书，看得最多的就是作文书，因为我读的书都是借来的。我读过的小学生作文，没有一万也有八千。

我之所以要引用罗玉凤写的文字，是因为我在其中读到了故乡的种种，心底的、血脉中的故乡，不是短视频里的8D故乡。

我手中正好在读一本梁实秋先生的书，抗战期间他也在重庆的北碚生活过，我还去看过他的"雅舍"，简陋是真简陋，雅也是真的雅，这个雅，建立在某些价值体系之上。

梁实秋写关于火车的文章，非常有趣，他说，检票员查票查到头等座的门口，总是轻手轻脚的，到了二等座，嗓门就大了起来，到了四等座，会粗鲁地把打瞌睡的人推醒。然而，梁先生说，头等座的人，有时候会朝地毯上吐痰，不一定就是头等人，四等座的人，有时候为了生计和家庭付出所有，不一定就是四等人。

我把书合上，说，写得真他妈好，跟罗玉凤一样好！

M. 霾

在我的故乡，似乎没有人关心霾。

因为我的家乡是雾都，雾跟霾尽管完全是天壤之别的玩意儿，但是不能否认它俩都有视程障碍，所以，雾还是霾，重庆人想，管俅你妈的，就你们北京人儿上海人儿金贵。

重庆的秋冬天，很容易起雾，雾是一个非常浪漫的东西，香港的谭咏麟先生唱《雾之恋》，陈百强先生唱《烟雨凄迷》，都非常动人。

霾可不是什么好东西，除了PM2.5，还有一堆的有害物质。

冬天的时候，家里95岁老头坐轮椅出游，鼻子嗅了嗅：

"嗯，好！是霾，不是雾。"

我说:"霾还好?特么毒死你!"

"老革命"拼命吸了一大口,像马拉多纳抽大麻一样,欣慰地说:

"你懂个锤子,说明工厂企业在开工,有活干!经济垮不得,经济垮了我们的合法性就是个问题。"

N. 年

过年的时候,每天都和家里老父亲在一起,因为这是我们一年中最重要的时刻。

母亲和大哥去世之后,越来越发现,也许,长日将尽。

重庆的冬天,很容易滋生不健康的情绪,用时髦的话说,叫emo,情绪低落。

这个是有科学道理的,首先,黑夜变得很长,其次,潮湿和阴冷袭来。我的朋友老肖从北京来看我,他到重庆的第一天,外套沾上火锅油,洗了,两周后他要回北京了,一摸,挂在房间里的外套还是湿的。

"这他妈的,能把人润死!"他难受地和我道别。

我说我太太2009年第一次来重庆,显示气温8~13摄氏度,哇,像春天一样,待了一周,生了冻疮。

我不喜欢重庆的冬天,我喜欢重庆的盛夏,正午的骄阳,温暖的江水,一望无垠的山峦。

这些不是我要说的重点，我想说的是，对于上了年纪、八九十岁的老人，重庆的冬天，是一个重要的考验，很多人会毫无征兆地倒在这个季节，也有人在这个季节奄奄一息，在夏天来临的时候又满血复活。

2024年年初的这个冬天，白天轮椅出游的时候，"90后"总是帽子围巾包得严严实实，但是，情绪仍然低落，坐在轮椅上，突然来一句："唉，这辈子也不知道啷个收场？"

感觉，emo了。

晚饭后，我自主创新发明了用中药熬的热水给他泡脚，觉得很舒服，浑身冒汗，寒气尽除。

突然又来一句："他妈的还是要活到120。"

O. Orwell

如果，要评选这一生最崇拜的作家，我投这个人：乔治·奥威尔（George Orwell）。

我在2025年初春的重庆长江边读《乔治·奥威尔信件集》，鉴于这个世界发生了太多的事，太多糟糕的事，太多肮脏的事，太多摧毁我们信念的事，我特别想引用几句奥威尔的话。我没有能力和水平去评价他，我引用这些话，就像我们一起听罗大佑的歌一样，愤怒地批判、无力地沉沦。

他谈《1984》：

目前对这本书还不满意,但也不算完全失望。我第一次构思这本书是在 1943 年,我觉得构思很好,但如果我没被肺结核折磨,还能写得更好。我还没完全确定书名,在"1984"和"欧洲最后的人"这两个标题之间犹豫不决。

欧洲最后的人,会不会就在 2025 年发生?
关于《我们》和《美丽新世界》:

几年前,我读过《我们》,这本书值得再版。毫无疑问,这本书里也有错误的观点,但至少对于我而言,它构成了一系列乌托邦书里有趣的一环。一方面,这本书揭示了乌托邦的超理性和享乐主义(我认为奥尔德斯·赫胥黎的《美丽新世界》一定程度上抄袭了这里);另一方面,书中也考虑到了它的魔鬼性质和一种回归文明早期形式的趋势,即部分的集权主义。对我来讲,《我们》和《铁蹄》都是有价值的书,但前者写得更好些。在如今这样一个垃圾横行的时代,如此一本有着有趣的历史和内在特质的书若都不能出版,那将是一件可耻的事。我最近感觉很糟,有时甚至咯血。所以这封信我是用手写的。

《1984》的结尾:

他抬头看着那张庞大的脸。他花了 40 年的工夫才知道那黑色的大胡子后面的笑容是什么样的笑容。哦，残酷的、没有必要的误会！哦，背离慈爱胸怀的顽固不化的流亡者！他鼻梁两侧流下了带着酒气的泪。但是没有事，一切都很好，斗争已经结束了。他战胜了自己。他热爱老大哥。

乔治·奥威尔猜中了很多很多东西，他在《1984》中还提到一共三个大国，分别是大洋国（Oceania）、欧亚国（Eurasia）和东亚国（Eastasia），这三个大国处于永恒的战争状态。

如果这个也猜中了的话，赌博公司应该发终身成就奖给他。

P. Peter Hessler 彼得·海斯勒

彼得·海斯勒，中文名叫何伟，重庆话里，叫"霍伟"。

何伟在重庆的涪陵区担任过两年教师，根据这段经历他写作了著名的非虚构作品《江城》。这本书在美国关于当代中国的书籍中长期霸榜。

这些年，有蛮多外国友人出版过不少关于中国的书籍，不过，不管有多少闪闪发光的名字，何伟都是独一档。或者说，如果何伟获得了唯一一个二等奖，那么一等奖肯定是空缺的。

阅读了两遍《江城》之后，我去了涪陵旅行，尽管之前已经去过四五次，神奇的是，这一次，脏乱差的马路变成了烟火气息的一种，疯狂的汽车喇叭声也没有将我激怒，吃夜宵的时候隔壁一桌过来打扰也和他们二话不说干了一杯。

这不是夸张，是某种价值层面的认同，以及精神层面的强烈共情，只可惜，这些细节与记忆都是由一个美国青年代表我们体验的。

何伟在《江城》中文版序言中有一段话，非常像我们年轻时学习马克思主义新闻观必须要掌握的常识，可惜的是，我们没有掌握，糟糕透了。

何伟说："外国人一般对中国的内陆地区视而不见，而记者对来自乡下的人们也总是视若无睹——老以为这些人头脑简单，兜里没钱。不过，我认识的所有人——我的学生们、我的同事们、经营餐馆的朋友们，以及我的一个汉语辅导教师——几乎都有那种农村背景。这些人的生活复杂多样，丰富多彩，我因此觉得，他们长期被外界忽视，是一个错误。"

我们不仅忽视了，而且，我们好久没有说人话了，糟糕透了。

当然，写作这件事，主要还是老天爷赏饭吃，或者说，天赋是压倒一切的，后天的努力只能占比较小的贡献，否则，我们都每天工作24个小时，岂不是大家都可以变成何伟？不能够。

何伟在《江城》的结尾处说：

我跟长江的关系一直非常简单：我有时候顺流而下，有时候又会逆水而上。逆水较慢，顺水较快。一切的一切，莫过于此——我们在路上交错而过，然后又继续各奔东西。

这些汉字多简单哪,却又深情款款。

Q. 轻轨

重庆的轻轨首先是用来拍视频的,其次是用来载客的,对头不?

首先是轻轨穿楼。我在波士顿的时候,认识一个墨西哥工头。他问:"你从中国的哪里来?"我说:"chongqing。"他说:"离北京远吗?"我说:"很远。"

有一天,他活都没干完就急着来找我,手机上轻轨正在穿过李子坝的房子,他说:"chongqing,你的家乡,你们的房子建造得非常特别。"

我很无语,说:"不是每个房子都这样。"

他说:"应该让汤姆·克鲁斯从楼顶跳到轻轨上,怎么样,我把这个创意卖给好莱坞,我们俩就等着分钱吧。"

我回到房间里用中文说:"草泥马。"

后来,轻轨又向春天开去,开往春天的轻轨,浪漫极了。

我今天要写的,不是这些,而是一条新闻,说是重庆有一条特殊的地铁线还是轻轨线,人们亲切称它是"背篼专线",原因是重庆很多菜农背着背篼,搭乘这条线去市区卖菜。但是也有人不大满意,希望早晚高峰时段禁止菜筐等大型物品,因为可能占用过多空间,困扰其他乘客。对此,重庆轨道交通方面回应得很干脆，只要行为和物品合规，就不会干涉。

这就是说人话，办人事，点个赞！

R. Riley 的旅行

Riley 是我的女儿，她在放春假的时候决定和我一起从波士顿飞回重庆，去看望五年没见的爷爷。

Riley 最后一次见爷爷还是在 2020 年的春节，我们陪爷爷奶奶一起吃了年夜饭，一家人其乐融融。那个时候尽管武汉已经封城，但我家三个都没觉得有什么大不了的，继续在重庆过年，年初三的晚上我们仨在朝天门的来福士吃了晚饭，下到地库取车的时候，发现大约可以停几千辆车的停车场里，只剩我们一辆车。

第二天我们马上乖乖地飞回了上海。

以后，Riley 再也没有回过重庆，2022 年她又去波士顿求学，距离变得更加遥远。在她答应我一起去看爷爷之后，我查了一下波士顿和重庆的距离，赫然显示为 12 000 千米，这是基于两地的最短路径计算得出的。

Riley 给爷爷带了一个礼物，是一个可以放音乐的水晶球，里面是波士顿的老房子，以及上下飞舞的雪花，水晶球的底座刻着一行字："来自波士顿的爱。Riley。"

我们 3 月 16 日从波士顿飞往北京，凌晨 3 点抵达，在机场里徘徊了五个小时，再转机飞往重庆，尽管非常累，但是满怀着憧憬。

我一路都在跟 Riley 讲，爷爷可能已经认不出你了，他已经 95 岁了，很老了，你要降低一些预期。她说，我明白！

等到我们真的和爷爷坐在一起的时候，才发现原来真实情况更糟，爷爷只记得我，完全不认识老婆和女儿，而且，他的耳朵已经几乎听不见了。

我在一块小黑板上写字给他，"这是你的媳妇小俞"。他似乎记起来了，又似乎若有所思。轮到女儿的时候，他主动问，"这是哪个"？我在黑板上写，"这是我的女儿，你的孙女早早（女儿的小名）"。他似乎不敢相信，朝思暮想的孙女，从 11 岁的小学生，直接变成了 16 岁的高中生，他说，"这是早早"？我写道，"是的，这是早早，她已经念高中了"。

两行热泪从曾经的硬汉眼角流出。

我们都很开心，爷爷总算认出了孙女，真是一个美好的大结局。

但是，仅仅过了半个小时，爷爷突然又看着女儿，问我："这是哪个？"

晚上一家人一起吃饭，大家几年不见，有说不完的话，姐姐的孙儿们也长大了，非常聪明可爱，16 岁的高中生早早，突然升级当上了姑姑，她听到孩子们叫她姑姑的时候，又是一头雾水、百感交集。

桌上唯一不说话的人，是我的父亲、女儿的爷爷，最了解他的我，相信他陷入了悲伤的困境，他知道眼前的姑娘是他特别盼望的一个人，但是，他始终无法牢牢记住她是谁了。

女儿偶尔会凝视爷爷,不知道如何去陪伴他。我拍拍她的肩,表示这样就很好。

在女儿16年的成长经历中,她总是相信,父母不会让她真的跌倒,在她的世界里,父亲和母亲,以及她坚信的同情和正义,总会像天使一般,带她走过岩石裂缝和困境深渊。

某种意义上,我们给她的教育,缺乏真正面对悲剧的勇气。关于衰老,关于死亡,关于一去不返的时光,关于夕阳西下、朝阳不再升起的人生终局。

她不敢接受悲剧,最多只是多愁善感。而悲剧是需要强大的意志的,多愁善感只是对眼泪的渴望。

Riley的重庆之行,满怀惆怅,不过我想,她已经16岁了,是时候面对真正的人生了。

S. 山丘

2024年的夏天,我出版了自己第一本书《越过山丘》,这本只有六七万字的小书,有些读者挺喜欢,让我受宠若惊。我写了一段小文致谢读者,大意是说:

有关写作这件事,王国维先生有"有我之境"和"无我之境"的理论。他讲,"泪眼问花花不语,乱红飞过秋千去",这个是"有我之境",是以我观物,物都带上我的色彩;"寒波澹澹起,白鸟悠悠下",这个是"无我之境",以物观物。

余英时先生赞成这个观点,他说他在治学之时,在一般史学论著中尽量将自己放逐在外,属"无我之境"。而他的散文写作,有关燕京大学的师友和风景,都是"有我之境",别有一番滋味在心头。

我自己做了几十年的新闻媒体工作,希望能够记录历史、匡扶正义,这个,应该是"无我之境",不带偏见,尊重事实,不少于两个独立信源。这个"无我之境",不容易,我没有上帝视角,我要食人间烟火,我有信仰,我又要吃饭,退进两难。

这一年多,我写了一些酸文,哭的哭,笑的笑,是另一种状态,自如一些,洒脱一些,大约算是"有我之境",我看到的云,我听到的风,我看到雨后的水滴还挂在枝头。

一些朋友喜欢这些字,另一些朋友未必喜欢。究其原因,我总结了另一个小词,肤浅地称作"有你之境"。疫情三年,我所经历的死亡,可能你也经历了,我所经历的悲伤,可能你也经历了,我所经历的痛彻心扉,可能也烙在你的肺腑之中。

我们那个年代最辉煌的女歌手苏芮唱道:"因为路过你的路 / 因为苦过你的苦 / 所以快乐着你的快乐 / 追逐着你的追逐。"

这个,大约也是"有你之境"。

T. TFBOYS

千万不要因为作者一上来就讲自己矮,就误以为重庆人的颜值都令人担忧,大错特错。

实不相瞒,肖战、王俊凯、王源、殷桃、陈坤,都是我们重庆的,我们大重庆批量生产帅哥美女。

根据我个人的审美标准,重庆五大帅哥排名依次为:邱兵、肖战、陈坤、王源、王俊凯。

当然,这只是一个拙劣的玩笑,请后面四位的粉丝饶我一命。

2015年的时候,我还在体制内上班,有一天从重庆回上海,在登机口登机的时候,已经没几个人了,我排在最后面,突然,从更后面冲来了一大群人,一半是年轻的女生,她们反复不停地发出尖叫,响彻云霄。当时我就蒙了:怎么突然有这么多人狂热地追逐我。

后来我发现一共是三拨人,中心是两个戴着口罩和帽子的年轻男性,帅帅的样子,以及他们的助手们;第二拨是寸步不离紧追不舍给他俩拍照的一大群人,相机手机咔咔响不停;第三拨才是如痴如醉的女生,她们大多数还拿着登机牌,是要送君送到大上海。

在飞机上我才从女孩们的对话中知道,两个年轻的男生一个叫王俊凯,一个叫王源,都是我们重庆人,他们和另一个叫易烊千玺的年轻人组成了一个叫TFBOYS的组合,火出天际,这是我头一回在现实中感受到新生代的力量,觉得这两个年轻人举止都很得体,阳光帅气,如果我女儿追这样的星,感觉没啥不好。

当然，据说，现在连 TFBOYS 也不算最新锐了，有天吃饭的时候，一个妈妈讲到肖战、于适什么的，我就完全不了解了，但是看得出粉丝的狂热程度比 10 年前我在飞机上撞见的有过之而无不及。

韩国总统尹锡悦有一次在联合国演讲的时候说，我不是最早到这里来演讲的韩国人，BLACKPINK 和防弹少年团（BTS）都已经来过了。不得不承认，韩国人是搞这类输出的高手。

重庆这座城，有对温良恭俭的传承，也有不拘一格的创新，在我们心中，这座城的审美、文化、精神如同碧绿的嘉陵江水与褐黄色的长江水在朝天门激流撞击、漩涡滚滚，既念过往，也慕将来，穿越数千里奔腾入海。

U. Ukraine 乌克兰

写重庆写到了乌克兰，似乎有点扯。

真的很扯。

2024 年冬天的时候，我们在南滨路的一个酒吧小聚，说是说酒吧，也卖点简餐什么的，旁边的旁边一桌中年人，七八个人，不知道是同学聚会还是老同事聚会，总之前面是在旁边什么地方吃了晚饭，喝了白酒（我是从他们上厕所经过我身边时那股酸爽的味道嗅出来的），估计还没有尽兴，剩下的人就来这边喝啤酒聊天。

感觉几个人都是有些文化的人，聊的话题也很健康，当然，既然喝过酒了，那重庆人的嗓门是小不了的。然后，就是越聊越响，越聊越激烈。

刹那之间，所有人都没有反应过来的时候（包括他们自己人），这群人中的两个中年男猛地站了起来，年龄50岁左右，一个戴眼镜，一个高低肩，如果放在平时，这俩估计杀一只鸡的能力都没有，但是现在，他们要出去，到马路边上去：

打架！

因为，他们走出去之前喷的最后两句话是：

"某某大傻×！"

"鹅粉死全家！"

隔着酒吧的窗，我们看见"高低肩"一把推倒了"眼镜"，"眼镜"爬起来又猛冲过去，但是战况至此也就结束了，因为另外几个人冲出去拉开了他们，两个中年男嘴里骂骂咧咧，径直分头走了。

另外几个人回来还兴致勃勃地接着聊，说是"活久见"，要好了几十年，现在突然变得很容易撕裂，特朗普哈里斯可以撕裂，俄乌可以撕裂，巴以可以撕裂，是不是还是因为袁隆平爷爷让我们吃得太饱了。说他俩（有一个叫什么鸡公）都没有去过俄罗斯，更没有去过乌克兰，但是竟然可以为了支持谁而打架，印象中这俩这辈子都没打过架。

为了这个有点小意思的话题，很快我们两桌并成了一桌，你一言我一语，贡献了各种见解。首先大家都一致同意这是现代社会中情绪、立场和意见的极化趋势。在全球范围内，人们的观点和情感往往被极端化的言论所引导，导致了分裂和对立的局面。

至于这种现象背后的原因，有人认为是碎片化信息传播的结果，社交媒体让信息的传播比以往更迅速，但常常断章取义，缺乏深度分析。

也有人认为是算法的锅，人们更容易接触到与自己立场一致的信息，形成"信息茧房"，进一步加深了对立情绪。

还有人认为是情感化的政治言论造成的，许多公共事件被高度情感化，领导人通过激烈的言辞或对立的论调来激发公众的情绪，从而制造更深的分裂。特朗普的言辞和领导风格就是一个典型例子，他的许多言论带有挑衅性质，往往能在支持者和反对者之间激化对立。

有关"撕裂"的研讨会在酒吧里开到深夜，大家又开始怀念过去了。

对方的白头发先生说："要说起啥子撕裂，我们重庆崽儿以前最多只会为了微辣和重辣撕裂。"

我说："对头，香港人也有句话，说20世纪80年代能够让香港撕裂的，只有谭咏麟的歌迷和张国荣的歌迷。"

大家都忍不住长吁短叹起来。

凌晨两点我提出准备回家了，我们买单请客，对方表示很不好意思。

我开了个玩笑说:"你们猜那两个人会不会因为逃避买单跑了。哈哈,一个玩笑,万一这个玩笑又让我们撕裂就太惨了。"

对方一群人愣了一秒钟,接着都皮笑肉不笑地笑了起来。

V. 人生 V 形线

春节的时候,工农坡的老邻居江总请我喝酒,江总和我一般大,年轻时生意做得不小,风光过,脖子上一根大金链子非常粗,让你有一种实在过不下去了就把他的头砍下来的冲动。

我们在镇上的一个小饭馆弄了个包间,他带了两瓶茅台镇的酒,我研究了半天酒瓶说:"把'镇'字儿去掉就好了。"

江总说:"消费降级了,老子碰到事儿了。"

江总的事儿总结起来叫作理财产品爆雷,钱不少,当然,是不是倾家荡产,我判断不了,似乎还不会,因为后来他还高一脚低一脚地去把单结了。但是理财的这一大笔钱,有他自己的,有丈人丈母娘的,还有一个红颜知己的,这是另一个巨大的次生灾害。

实话实说,我是一个很好的人,但是,比较没有耐心,或者我判断,这事儿没啥好多扯的,要真一把鼻涕一把泪,两天两夜都讲不完。

所以,一共三个问题。第一,会闹到跳楼吗?江总说,不会,既没有勇气杀人,也没勇气自杀。我说,真他妈好,好公民。第二,各人理的财分头解决,爆雷总是要浮出水面,红颜知己就不要浮出水面了,怕你丫扛不住。江总说,准备分期把本钱还给对方,估计能沟通好,本钱是基本盘,利息是风花雪月。我说,重庆崽儿,可以。第三,生活会有大的影响不?江总说,会有消费降级的可能,活总归还活得下去。我说,那是,已经降级成茅台镇了,看出来了,话说,每一滴酒都是致癌物,戒了才是真好。江总说,戒了还做个屁生意。

说完了这些,常规程序就开始了,在酒精的催化下,"大金链子"号啕大哭,女服务员进来吓一跳,以为我俩在谈分手。总之就是各种回忆,30年前、20年前、10年前,多美好啊,现在竟然活成了一个理财爆雷男。

我等他消停了一会儿,为了安慰,也为了倾诉,说:"唉,我也不容易哦!"

他说:"你说嘛,今天就是要一吐为快,一醉方休嘛。"

我刚刚动情地讲了半分钟,大金链子就开始打呼噜了。

我说,×你妈!

读初中开始,我们在故乡小镇的家搬到了一个叫工农坡的小山上,每天我要从半山腰上晃荡到平地上、长江边,然后又吭哧吭哧地爬到半山腰的中学,这条V形线路持续了六年,每天来回两趟。

重庆的地形地貌,这两趟就像每顿要吃两大碗白米饭一样正常。

这个冬天回到故乡又去走了几个来回,发现单程要 40 分钟,并不容易。最不容易的是从半山腰往下走的时候,膝盖疼,小腿肚酸,而且,缺少兴奋感。

我们绝大多数人的一生,事实上,走的是一条 A 形线路,越过山丘,无人等候。人生最难走的路,就是后半程的下坡路,年过半百的男人,一大半走在这条路上,没有了光环,一身爹味,嘴里骂骂咧咧,各种不服,各种抱怨,唯一改变不了的是,下山了,夕阳醉了,没人喝彩。上坡的累,上坡的艰辛,爬上山顶时的那一身痛快淋漓的汗,经过组织和群众研究决定,这些苦都由更加年轻的同志去吃。

逆天改命的 V 形人生,其实少之又少。那些人即使在谷底,也憧憬着山顶,憧憬着最高处的风景,像 NBA 或者世界杯足球赛,或者,华尔街的金融市场一样,战斗、拉升至最后一秒。

重庆崽儿有啥特点,除每个人都认为自己有点痞帅之外,我投"永不言弃"一票。

W. 王帅先生

王帅先生出了本新书,出版社嘱我写篇文章推荐之,正好,也聊一聊"天使望故乡"的来历。

我和王帅认识已经十二三年了吧,大约是在《东方早报》准备从纸媒转型到《澎湃新闻》的过程中；顺便提一嘴，王帅是阿里巴巴荣誉合伙人，马云先生的助手，曾任阿里巴巴市场公关委员会的主席。

和他认识前的一个月，去开一个会，领导说，我们也希望媒体朋友帮我们多提建议，改善我们的传播，树立更好的形象。有个大学教授就说："我们懂个啥，应该请阿里的王帅这样的来说说，这个事儿也是有专业的，不能啥事儿都外行来建议内行。"

我听了这个心里很难受，原来还有人比我更懂传播，宝宝不开心。

见王帅那天是在上海，他住在四季酒店，他个子很高，穿个白衬衫，挺帅的。我特别不喜欢和这么高的人站在一起聊天，因为这样子仰望10分钟，我的颈椎病可能就好了。

后来他就说："坐下来说，我们就聊天为主，不去外面高消费了，就叫几个外卖，喝点我带的红酒。"

这一喝，喝了十几年。

但是第一次的喝酒，某些细节真的还能记得一点点，说明印象深刻。比如，他从头到尾没有一个字吹嘘过阿里巴巴如何牛逼，你们这些乙方如何没尊严。

他说，他很喜欢文学、字、画，邀请我去杭州看他的画，我说我不懂。他又说，他很爱孙犁的文字，后来，又聊起20世纪80年代的朦胧诗，后来，就拿出手机朗诵起来，那些东西我是真的喜欢啊，忍不住就一起念起来。

再后来，两位同事就一起非常吃力地把我搀回了报社。

以后的很多年，每年都去杭州两三次，我带着我的同事们，他带着他的兄弟们，每次工作谈五分钟，之后就开始聊文学、聊艺术、聊善恶，一直聊到夜半多人倒下时。

这个冬天我和同事黄先生去他家看他，坐下来端起酒杯时，我突然想起："你知道你家的酒是什么吗？是我们的青春啊！"

有一年，我还在老单位的时候，两个医生在飞机上救人，其中一个医生还默默地用导尿管帮病人吸尿，缓解他的痛苦，我看了这个视频之后非常感动，提出我们应该每年办一次活动，表彰这些平凡而不凡的人。

我和王帅聊了这个想法之后，他提出由阿里巴巴来支持赞助，所有费用由他们承担，这个活动做了两三年，一直到我离开。

王帅说他唯一的要求是，不要在任何环节出现阿里巴巴的字样，他们做这件事的唯一原因，是因为同样的感动。

每年的岁末，我们把这些平凡人请来上海，把他们的照片做成巨幅的海报，悬挂在公司的楼上，用无人机拍下画面，传播到互联网。

我给王帅唯一的回报，是我会发一个朋友圈，说，那位在杭州西溪的帅哥，温暖了这个冬天。

我在2024年的冬天偶然看到马云先生很多年前的一个短视频，他说，中国企业走出去，是要展现我们是一个善良美好的国家，而不是要炫耀我们的强大。

我是一个很喜欢开玩笑的人，我太太有时会骂我毒舌，招惹是非。比如我有时候看节目里把我称为作家，就觉得特别难受，我说我的头衔不是重庆巴南人吗？主办方就说这他妈谁要看。

我就耐心解释说，比如马龙·白兰度、艾尔·帕西诺在《教父》中都演过流氓，而我们认识的男演员×××也演过流氓，但不能说马龙·白兰度、艾尔·帕西诺、×××等艺术巨匠就是流氓，这多少有些不妥。

阿里巴巴这个企业，改变了我们的生活，具有里程碑式的意义，所以马云先生就应该叫企业家，但是后来还有一大拨企业家，"企业家"这个头衔就显得廉价，我一直都非常建议有一些可以称为"挣着钱的"，这个头衔也不差，其实也属于韩剧里的敬语，毕竟邱兵他们还没挣着钱呢。

这样企业家这个头衔就更纯粹和高级一些，更容易获得当下一直呼吁的尊重。

王帅对画的研究，我着实不懂，有一回和陆灏先生聊起王帅的好友白谦慎老师、薛龙春老师，陆先生说，哎哟，这可都是大人物，我才知道王帅搞半天是玩真格的。

有一年冬天我们在他以前的家吃饭，吃了一会儿他拉我去一个房间欣赏黄宾虹的画、胡适的字，我看看这个胡适的字有点意思，就点燃一支烟慢慢咂摸。

他急了："我操，这儿不能抽烟，点着了就粗大四了。"

这一吓，我又没欣赏好。

后来，他做了芸廷美术馆，非常漂亮，总算，可以细细品味艺术了。品着品着，喝得又有点儿多。两个人就漫步到美术馆美丽的花园里，在最美的大树下一起小了个便。

那天回上海的车上，我跟同事讲，我算是咂摸出艺术的价值了。艺术这东西，就是让人开心，愉悦，就像一个年迈的老人，突然扔掉了拐杖，在田野上兴高采烈自由自在地走着，爱到哪儿去就可以到哪儿去，爱干吗干吗。

今年我把这段话发给王帅，作为一个外行的推荐语。

文章写到这里，一看时间已经夜里12点了，还没写到画的事儿，气得我都想把电脑砸了，所以我必须还要说一点王帅和画的事。

艺术这个东西，有个特别重要的词，叫作境界。境界这个东西呢，可以意会，不大好言传。

前两年，我个人的生活和事业都发生了巨大的变化，有一天我垂头丧气地打电话给王帅说：

"我想自己做点事。"

他说："巧那个巧，王副官也退休了，就一起做点事。"

很快，就有了"天使望故乡"，还严肃写作一点尊严。

做了两个月，夏天，我和黄先生一起去杭州，说：

"人家都问这玩意儿商业模式是啥？"

王帅说："不是应该先问如何写得更好吗？"

接着王副官又站起来，在美术馆的阳台上脱掉了他唯一的短袖,露出一块腹肌都没有的伟岸身躯。

"我们再定一个规矩好不?绝不刊发任何无病呻吟捏脚喊痛的商业软文。你们知道为啥?因为软文我见得太多了。你挣了这个钱离最初那个梦只会越来越远,不会更近。"

这个规矩在我和黄先生两厘米深的刀口上又撒下了厚厚的一层海盐,疼得我们龇牙咧嘴。

然后我们就认真写了,心无旁骛。

一年半过去了,突然开始有一些合作项目,由于粉丝群、作者群庞大,各种资源比较丰富,可能性倒越来越多。

帅先生喝了几杯说:"急啥,你邱兵就只能写本《越过山丘》啊?不止吧。"

黄先生和我说:"这家伙酒喝了那么多,脑子咋这清楚。"

余英时先生有一段讲围棋的话,印象深刻。首先他觉得尽管围棋已归入"体育"一类,但是琴、棋、书、画并列,它的艺术身份是无法否认的。

魏晋南北朝是围棋史的光辉时代,相传梁武帝所诏定的"九品"如下:一、入神,二、坐照,三、具体,四、通幽,五、用智,六、小巧,七、斗力,八、若愚,九、守拙。日本"九段制"的渊源在此。

显然每一品代表一种"境界"。不过若细加观察,九品又可划为两大层次,而以第五品("用智")为分水岭。五品以下属于技术境界,五品以上才进入艺术(或精神)境界。

我读这些书的时候，想到的可真不是围棋，我不会下围棋，王帅会。也没想到琴棋书画，我最多只会几首流行歌曲，诸如黄霑骂徐克导演，不要小看《沧海一声笑》，因为"大乐必易"。

我想到的是做人，做事。阿里巴巴，帅先生，马先生，输出给我们的，也许都与若愚、守拙有关，我想无论是艺术，还是人生，境界大约是相通的。

最后，我当然得祝王帅的书大卖，而且，我还想夹带一点私货，这么多年了，我和他说了那么多的俏皮话、挖苦话、老不正经的话，却从来没有认真说出那两个最最重要的字：

"谢谢！"

X. 小鱼的中国点心

小鱼是我老婆，上海人，重庆媳妇。在她去波士顿陪伴女儿之前的很多年，她从来没有下过一次厨房，去了波士顿之后一段时间也没想过要买汰烧，想想小孩子过个一两年上了高中咱就打道回府了，不操这心。

但是，我们俩确实没有什么东西吃，过了一两个月，嘴里淡出鸟来。

小鱼说："我学着做些点心给自己吃吧，中国点心。"

好家伙，从2023年春天开始，小鱼的中国点心成了我的朋友圈子中最受欢迎的礼物，她做很多当季的中国点心，春天的青团、端午的粽子、中秋的月饼,食材非常新鲜,也很高级,非常好吃,她做的凤梨酥、麻薯、榛子酥也很好吃,中国人、外国人都喜欢,是传播中国文化的硬通货。

小鱼最早学做中国点心是在 3 月底的时候,春分时节,她说:"要搞就搞个当季的,我要做青团。"青团这东西好像是中国江南地区春天的食物,更准确地说是在清明前后。之前我在故乡重庆没有吃过,还好重庆人民放过了青团,否则一定让它漂在麻辣火锅的红油上。

做青团重要的是这个青团皮,它必须是青绿色的、透亮的、糯糯的、Q 弹的、清香的、微甜的,少掉任何一点,春天的中国江南就会离你很远很远。

这个皮子的材料,需要糯米粉、艾青汁、猪油、糖搅成一坨,然后澄粉加开水是另一坨,再然后两坨恰到好处地揉在一起。

青团的馅分甜咸两种,甜的是豆沙,豆沙用红豆自己熬,一点点麦芽糖,其他不添加任何东西,甜度正好;咸的馅,要先把咸蛋黄放在烤箱里烤熟,碾成碎粒,然后加上肉松、海苔碎,再用色拉酱拌起来。

小鱼的青团经历数次挫折之后终于像模像样登场了,被我鉴定为 9.9 分,10 分制。

邻居的白人夫妻来喝咖啡,配上甜甜的青团,我草,中国的点心怎么可以这样好吃到让人哭,走的时候直接乞求送一点,代价是可以把除草的任务都交给他家猛男。

我们说，其实中国有个习俗，青团是不送人的，因为，很早的时候我们是拿它祭祀我们死去的祖先的，说起来……有点不吉利。

对方说，完全没问题，我们也可以把他们当成死去的祖先。

我心里想："咦？这尼玛还占上我便宜了……"

2023 年中秋节的时候，爱米粒儿做了鲜肉月饼，第二天一大早，我们开了四个小时的车，去纽约看 Y 君。

Y 先生四十好几，本来住在加州，夏天的时候丢掉了大厂的工作，带着老婆和两个孩子，搬来纽约，找到一份他觉得像鸡肋一样的工作。

我们请他在一家中餐馆吃饭，最后送他一盒小礼物，Y 君这个上海男生发现是鲜肉月饼之后，迫不及待地在别人家餐厅里吃了一个，接着又一个。

他发现盒子里还放着我抄的两句七言句子，我说，好像胡适之也很喜欢这两句：

"人心曲曲弯弯水，世事重重叠叠山。"

Y 君突然流下两行眼泪，说想念他的故乡上海的永康路了。

那天回波士顿碰上大堵车，活活开了六个小时，秋天里纽约到波士顿这一路，是一条色彩斑斓的天然画廊，美不胜收，让人忘记世界上还有战火硝烟，还有很多的忧伤和遗憾。

一百年前，美国的作家亨利·贝斯顿在波士顿和纽约当中的科德角写下自然文学的名篇《遥远的房屋》，他在书里提到一种灰鲱鱼,每年 4 月从大海游到马州韦茅斯的淡水池塘中产卵,然后游回大海,在池塘里出生的小鲱鱼在 10 个月之后追随它们而去,并于来年春天再回到自己出生的那个池塘产卵,年复一年,无穷无尽。

每一条产自韦茅斯的鱼都记得它出生的那个池塘,为了成就大地的意图,每一条韦茅斯的鱼都忍受艰难困苦、饥饿寒冷、厮杀搏斗,宁可委屈自我而服从于整个宇宙生命的意志。

小鱼的中国点心、Y 君的上海永康路、我的重庆小镇,都是我们生命的淡水池塘。

从来不需要想起,永远也不会忘记。

Y. 鱼洞

鱼洞是一个地名,是我故乡的县城,是我的小镇。

鱼洞对于我来说意味着什么呢?

差不多就是我和太太说的:"我死了之后,不需要墓,咱不花那冤枉钱,骨灰也不用保留,撒在鱼洞的长江里,完事儿。"

这就是我和故乡小镇的关系。

似乎还不准确。

据说,不需要任何指引就能够逆流跋涉几千千米找到自己十多年前出生水域的长江鲟鱼,世界上还有 57 条,我一定是其中之一。

这些年，有两句话听得非常多，"每个人的家乡都在沦陷"，"故乡只活在记忆里"。

母亲在 2022 年年底去世之后，我和姐姐一起商量 92 岁父亲的照顾问题，最后决定不去养老院，姐姐和家里保姆负责日常，而我每年回去两到三个月，尽尽孝，也让姐姐能够休息一阵子，换换班。

所以，从 2023 年开始，故乡不再活在我的记忆里，故乡像童年一样就是我的生活的日常。对于我这样每年需要一大段时间写作的人，空间的转换并不带来困扰。

我每年最热的夏天和最冷的冬天回去，这两段时间都是重庆气候的尖峰时刻，朋友们有时会问，为什么不选最舒服的春秋天回来？我总是开玩笑，你听说过到重庆来吃日本菜和顺德菜的吗，到重庆就是要来吃麻辣火锅的，而且要中辣以上。

我从一个重庆人，变成了一个新上海人，现在又变成了一个上海重庆人，如果加上每年在北京工作的一两个月，去波士顿陪女儿的一两个月，我变成了一个地球人，如果要我说真心话，我觉得，在身体状况尚能支撑的前提下，颠沛流离的地球人的生活很好，为什么好，因为它经历各种体验，用平和的心态对待不同的好与不好，每年花更多的时间陪伴家人，让人生不留遗憾。

每次回家，车子从几十年前的老大桥进入镇上的正街的时候，都会看到几个巨大的字：孝善鱼洞。我特别喜欢孝善这俩字儿，觉得比其他吹牛逼的话靠谱，这两字儿咱都落实好了，这人差不到哪儿去。

长江从孝善鱼洞流过,历经一个大的转弯,往东北方向而去。童年每一个寂静的时刻,我总是喜欢坐在长江边放空大脑,看江水缓缓流淌。

现在,终于,我又坐在这里。

我的大学同学洪兵教授有几句非常喜欢的诗。我在波士顿的时候问 ChatGPT,知道这是谁写的吗,它说,徐志摩。我在上海问 DeepSeek,它说,余秀华。洪教授说,这是重庆诗人柏桦的诗句:

那曾经多么热烈的旅途
那无知的疲乏
都停在这陌生的一刻
这善意的,令人哭泣的一刻

Z. 在名叫时间的河流里,活下去

十六岁那年,
亮哥的眼睛再也看不见了,
亮哥坐在他家门口的板凳上,
对十六岁的我说:
"你知道不?

我过着很烂很烂的生活。"
亮哥看不见的眼睛
仍然流出滚烫的泪,
他说:
"好像一个可怜的演员,
刚轮到他上场,
然后剧场停电了,
演出取消了,
一片漆黑。"
他把啤酒罐踩扁在脚底:
"这不是我说的,
这是书上写的,
存在主义的结局。"
我只能说:
"很烂很烂的生活,
也是生活。
飞鸟越过河川,
游鱼归于大海,
无论多么渺小的生活,
都有它的意义,
这才是存在主义的结局。"
在这条名叫时间的河流里,

活下去。

亮哥十六岁开始做米糕,

很好吃的米糕,

亮哥的眼睛看不见,

但是他的米糕

洁白无瑕,

清香软糯,

买米糕的人群,

在故乡的河边,

排着很长的队,

像一条蜿蜒的蛇,

吞吐着人间的烟火。

亮哥的父母,

放弃了稳定的工作,

和他一起做米糕,

放了学的我,

帮他收钱,

帮他擦汗,

帮他喝汽水,

盛夏里一大口汽水灌下去,

亮哥说:

"很多气,

会有一个很响的嗝。"

每一天都那么疲惫,

每一天都那么漫长,

而流年却飞逝如电,

一去不回。

疫情带走了亮哥的父母,

留下他一个人,

活着、做米糕、睡觉,

醒来、做米糕、睡觉。

如果你要问我,

故乡是什么?

我说,

来不及道别的亲人,

昼夜不舍的河水,

还有亮哥,和他的米糕。

在这条名叫时间的河流里,

活下去。

两个年过半百的中年人,

每一年也只能见上一次面,

每一年立冬的夜晚,

总有人在河边放焰火,

小镇人自带的鞭炮、烟花,

点燃了夜空,

让寒冷的冬夜热闹起来。

我们每一年都去看,

河边的人一年比一年多,

那是亮哥一年中最兴奋的一天。

我说,

你看个啥,

看个寂寞?

亮哥说:

"我看得见的,你未必看得见。"

某一年的冬月,

焰火腾空而起的时候,

我说,

我创业失败了。

亮哥说,

那就再来。

我说我老了、累了,也没有钱。

亮哥说,

我有钱。

我说:

"我认清这个世界了,

更不会拿别人的棺材本创业。"

亮哥说:
"我看不见这个世界,
所以从来不认邪。"
我说:
"这河边简陋的焰火,
一起看了四十年,
我们都已经年过半百,
你到底看到了什么?"
亮哥说:
"我看到,
那两个十六岁的少年,
就住在我们过去的平房,
就在焰火升起的河边,
我每天都看见他们打闹、玩耍,
我每一天都听见他们说话,
他们说:
'很烂很烂的生活,
也是生活。'
每一年立冬的夜晚,
少年喧闹着,
跟在两个年过半百的中年人身后,
勾搭着彼此的肩,

分享着彼此滚烫的体温,

他们抽着同一根没有滤嘴的烟,

漫无目的地踢着地上的啤酒罐,

焰火升起的时候,

一个少年说:'真美!'

一个少年说:'蓝色!'

一个少年说:'什么是蓝色?'

一个少年说:'和天空一样的颜色。'

一个少年说:

'你用什么看颜色?'

'用这里。'

少年把手放在心上。"

在这条名叫时间的河流里,

活下去。

冬日干涸、夏日湍急的溪流,

陪伴我们走完了半生,

流入长江,

汇入大海,

结局就是如此,

并无其他可能。

但是,

我们曾经像飞鸟掠过高山,

像鲟鱼跃出水面,
为了永不沉沦的梦,
我们像永远推着石头上山的西西弗,
所有的存在都在努力争取一无所获。